徳間文庫

鉄《くろがね》の王

伝説の不死者

平谷美樹

徳間書店

鉄《くろがね》の王　伝説の不死者

第一章

一

越後国《えちごのくに》の小藩、黒川《くろかわ》領の山中。山野《やまの》領との国境《くにざかい》近くである。

夜が明けてすぐの暗い広葉樹の森を十三、四歳の娘が走っている。背丈は四尺五寸（約一・三五メートル）ほどであろうか。長い髪を麻紐《あさひも》で束ねているが、前髪を垂らしているので少年のようにも見える。黒い手甲《てっこう》と脛巾《はばき》。着衣は着古した膝までの麻の小袖。随所に古布の継ぎ当てがあり、それがすべて濃淡の草色であったから、娘の姿は森の木々に紛れている。無造作に腰に結んだ帯の後ろには籐《とう》巻《ま》きの山刀を差していた。

脛巾が下生えの笹を掻き分ける音と沢から聞こえる蛙の声が森の中に響いている。

森の中の陽当たりのいい所には、藤の花が甘い香りを漂わせる薄紫の花を垂れさせていたが、娘はそれを愛でる余裕などない。

娘はきりっとした太い眉の間に皺《しわ》を寄せている。

血のにおいを感じ取っているのだった。

獣ではない。

人の血のにおいである。

それも、この濃さは一人二人ではない。

それがさらに濃くなった。

血を流している者は二町（約二二〇メートル）ほど先か――。

娘はぴたりと足を止め、音が出ないように笹の中を進み、幹に身を隠しながら移動する。

娘は歩《ある》き筋踏鞴衆《すじたたらしゅう》の者であった。名を多霧《たぎり》という。

〈歩き筋〉とは鋳物師《いもじ》・金屋《かなや》・炯屋《どうや》・鉱山師《やまし》・鍛冶屋《かじや》などの製鉄業者や木地師《きじし》、芸能民《みん》、勧進《かんじん》、遊女《ゆうじょ》、薬売りなど、居着く国を持たずに漂泊する者たちである。人の外に置かれていたから、手形をもたなくても関所を通れたが、おおむね歩き筋たちが使う裏街道を旅した。

多霧は村下《むなげ》（鉄職工たちの長）に命じられ、裏街道を行く仲間たちから離れ、一人山中に堆積する砂鉄を探していた。旅をしながら新しい砂鉄の収集場所を見つけるのは若い者たちの役目であり、修業の一つである。今回は多霧の番で、黒川領内の山中に踏鞴場を作るまでに、砂鉄の溜まりを見つけて報告しなければならなかった。

山に入って二日目、多霧は血のにおいを嗅いだのであった。

大勢の者が血を流している。すなわちそれは、近づけば危険であることを示していた。

多くの歩き筋踏鞴衆は厄介事を避ける。差別される身の上であったから、ただでさえ日常に厄介事は転がっている。

しかし、山中で大勢の者が血を流しているということは、もしかすると——。

多霧はそっと木の陰から顔を出す。

そこは森の中にぽっかりと空いた小さな広場のような場所であった。聳《そび》えていた古木が数本倒れて出来た空き地である。枯れた去年の下生えの中に、夏草が背を伸ばし始めていた。

数軒の掘っ建て小屋があった。その周りに人が倒れている。老若男女が十五人ほど——。いずれも腹や胸、背中を刀で斬られた様子である。裂けた着物がどす黒い血で染まっていた。蝿《はえ》がその周囲を飛び回り、着物や屍《しかばね》の肌を這っていた。

胃袋を鷲摑みにされたような嘔吐感に襲われ、多霧は口元を押さえる。斬り殺された遺骸は何度も見た。しかし、これほどの数の惨殺された屍を見るのは初めてだった。

胃の腑からこみ上げてくるものを必死で抑えて、多霧は建物の方へ目を向ける。掘っ建て小屋の二棟は片流れで壁がなく、土で作られた小型の製鉄炉＝甑《こしき》が据えられていた。短い円筒が横たわり、屋根の外に立った長い円筒に接続している。短い円筒には、小さい鞴《ふいご》が繫がっている。鞴さえあれば粘土で簡単に作ることが出来る、歩き筋踏鞴衆が使う甑であった。

多霧が思った通り、歩き筋踏鞴衆の踏鞴場が襲われたのであった。

どこの一派だろう――。

多霧は小屋や甑の作り方から、殺された者たちの身元を探ろうと観察した。

「出雲《いずも》か――」

歩き筋踏鞴衆には幾つもの流派があった。都加留《つがる》流、出雲流などなど。古くから製鉄が行われていた地域の流派である。多霧の一族は橘《たちばなしゅう》衆を名乗る遥か昔の東北のまつろわぬ民、蝦夷《えみし》の製鉄を源とする一派であった。

多霧は草地の上に血の痕を見つけた。それは点々と森の中に続いている。

惨劇の場から逃げた者がいる。

多霧は辺りに注意を配りながら木の陰から出た。血のにおいのほかに、鼻を刺激するにおいが漂っている。

多霧はその刺激臭の源を探そうと周囲を見回したが、それらしいものは見あたらなかった。

屍の側を通ると蠅が一斉に飛び立った。微《かす》かな腐臭が漂い始めている。この人々が襲われたのはおそらく昨夜――。

多霧は血の痕の源にしゃがみ込む。結構な量の血溜まりがあった。斬られて倒れ、しばらくしてから森の中に逃げたのだ。

傷は致命傷ではなく、賊が去るまで死んだふりをしていたか――。

しかし、この血溜まりを作るくらいの出血ならば、生きてはいられまい。

多霧は血の痕の続く森を見る。

すでに事切れていようが、もし生きていたなら助けなければなるまい。

自分たちを虐げる村人や町人ならば助けてやる気はない。しかし、同じ歩き筋の仲間であれば放ってもおけない。

多霧は森の中に駆け込んだ。

血は下生えの笹の上にずっと続いていた。体を支えながら進んだのであろう、木の幹に血染めの手形もあった。

手形の大きさから男であることが分かった。

周囲に賊の気配はない。

多霧は笹を鳴らして走り出す。

前方の笹の茂みに不自然なへこみがあった。多霧はそこに駆け寄る。

若い男が仰向けに倒れていた。

多霧はどきりとした。美しい顔をした若者だった。年の頃は二十歳になるかならないか。総髪《そうはつ》を茶筅《ちゃせん》に結っている。

小袖に膝丈の四幅袴《よのばかま》。小袖の胸が左肩から右脇腹にかけて斬り裂かれている。布地はほとんど葡萄茶色《えびちゃ》に染まっていた。整った細面の顔に乾いた血飛沫《ちしぶき》が散っている。蒼白な顔色であったが、顔の側《そば》の笹の葉が微かに揺れている。

生きている――。

多霧は若者の側にしゃがみ込み、傷の様子を確かめる。着衣と同様、袈裟懸《けさが》けに大きな傷があったが、出血の量から考えれば不思議なほど浅かった。それでも、ここから動かせば、傷が大きく開いてしまう可能性があった。

まず傷を消毒しなければならない。

多霧は広場に戻って竈《かまど》のある小屋を見つけて駆け込む。幾つかある甕《かめ》の中から焼酎を見つけてそれを持ち、若者の元に戻った。

口に焼酎を含み、若者の傷に吹きかける。

「うっ……」

若者が唸った。意識を取り戻したようである。

「おれに構うな……」

囁《ささや》くような声であった。

「なに言ってるんだい。放っておけるわけないだろう」

「いいから……。すぐに逃げろ……」

自分たちを襲った者たちがまだ近くにいたらと考えているのだろう。しかし、遺骸の様子から、襲撃者がまだ近くにいるということはないだろうと多霧は考えた。

「今、傷を縫うからね。少し痛むよ」

多霧は言って、帯に鹿の角の根付けで留めた革袋を取った。その中から針と糸を出す。

針と糸、自分の手を焼酎で消毒した後、針穴に糸を通し、傷を閉じるように肉を摘《つま》んで針を突き通す。

若者は唇を噛み、声を上げるのを堪《こら》えている様子だった。体が小刻みに震える。

傷を縫うのは馴れていた。山中での仕事には怪我がつきもので、深い傷を負えば仲間同士で傷の手当をした。単独で行動している時は、自分で自分の傷を縫うこともあった。

二十回、三十回と肉に針を通すうちに、若者はまた気を失った。

傷を縫い終わると多霧は革袋の中から蛤《はまぐり》の貝殻を出す。中には黒い膏薬《こうやく》が詰まっていた。狸の脂に各種の薬草を練り込んだ、橘衆に伝わる万能薬であった。

多霧は若者の上半身を裸にすると、蛤の膏薬を指で掬《すく》い取り傷口に塗り込む。

次は、傷を保護しなければならない。

多霧は小袖の上を脱ぎ、胸に巻いていたサラシをほどこうとしてためらった。山谷を走り回ったり、踏鞴の仕事をするときにはいつもサラシをきつく巻いているのであった。

傷を保護するためにはサラシが必要であり、手持ちの新しいものはない。当然、自分が身につけているものをほどいて使うしかなく、いつもならば、そして相手が橘衆の仲間であれば、なんの躊躇《ちゅうちょ》もなくそうするのだが――。

若者は気を失っている。裸を見られることはない——。

「なにを恥ずかしがっているんだい……」

多霧は自分に呟き、頬を紅くした。

乱暴にサラシをほどく。ふくらみかけた胸が露わになった。踏鞴衆の女たちは胸にサラシを巻くのを『まだまだ邪魔にはならないだろう』と笑うが、多霧は女らしく変化し始めている体に戸惑っているのだった。

「体を起こすよ」

多霧は若者に声を掛け、頭の方に回り込み、脇の下に手を差し込んで上体を起こし、膝で支えた。胸が若者の背中に当たって、多霧は耳たぶまで紅くなる。

多霧はすばやく若者の胸にサラシをきつく巻いた。すぐに血が滲み始めたが、急速に広がることはなかった。

多霧は若者を笹の上に横たえる。

小屋へ移動させたいが、動かせば傷が開くかもしれない。

「少し待ってな」

多霧は小袖を戻して小屋の方へ走る。

踏鞴衆たちの寝所らしい小屋に駆け込んで、行李《こうり》の中を物色した。男物の着物と、サラシの束を見つけた。

「なんだ。焼酎を取りに来た時にちゃんと探しゃあよかった……」

多霧は苦笑する。早く手当をしなければと気が焦っていたのだ。

サラシを手にとって少し迷う。自分の胸に巻きたかったが、若者のサラシの替えも必要である。探せばもっとあるかもしれないが、まだまだやらなければならない仕事がある。

多霧は洗い晒《ざら》して色の薄くなった藍の着物とサラシを風呂敷に包むとすぐに戻る。

風呂敷包みを男の側に置き、山刀を抜いて近くの若木を何本か切った。そして男の上に片流れの屋根の骨組みを作り、葉のついた枝を被せた。これで何日かは雨露をしのげる。数日すれば小屋の方へ動かせるだろう。

砂鉄を探す仕事があったが、仕方がない。

自分がなかなか戻ってこなければ、仲間が探しに来てくれるだろう。道筋は木の幹に印をつけていたから、容易に辿《たど》って来られる。以後のことはその時に相談すればいい——。

多霧は屋根の下に腰を下ろして一休みする。

若者は薄く目を開けて、多霧を見た。

「すまない……」

掠《かす》れた声で言う。

「同じ歩き筋踏鞴衆だ。お互いさまだよ」

いったん引いた頬の赤みが復活した。

「お前、名前はなんていうんだい？　あたしは橘衆の多霧」

横たわる男に訊く。

「銑之介《せんのすけ》……」

囁くような声だった。

「出雲の一派かい？」

銑之介は小さく首を振る。

多霧は眉をひそめる。踏鞴場の甑は出雲系の踏鞴衆のものであったが――。はっと気がつき、問う。

「なにか厄介事を起こして逃げ込んだかい」

罪を犯して奉行所、代官所の役人に追われ、歩き筋に潜り込む者はよくいた。

銑之介は反応せず、浅く速い呼吸を繰り返す。

答えたくないということか――。

「えらい目にあったね。誰にやられたんだい？」

鉄之介は首を振る。

寝ていたところを急襲されて、敵が何者か見ていないのかもしれない。

「あんたたちに恨みをもつものか、山賊か――。金目のものでも持っていたかい？」

多霧の問いに鉄之介は力無く首を振った。

「もういいから……。早く逃げろ。おれに関わるな……」

「賊はもう遠くに行っちまったよ。ちょっと待ってな。今、粥《かゆ》を作ってやる」

多霧は踏鞴衆の小屋へ走った。

竈のある小屋に入り、米の袋から鉄鍋に二合ほどの米を出すと、近くの谷川へ向かう。米を洗って鍋に水を張り、小屋に戻る。米と水を一回り小さい鍋に少し分けて、竈に火を入れた。

大きい鍋は自分用、小さい鍋は鉄之介の粥である。

米が炊きあがると中に漬け物を入れた握り飯を作り、それを竹の皮に包み麻袋に入れる頃には粥もちょうどいいくらいに冷めた。

多霧は麻袋と粥の小鍋を持って、急造の小屋に走った。

「あれ――」

屋根の下を覗き込んで、多霧は眉をひそめた。

銑之介の姿がなかった。

血染めの着物が脱ぎ捨てられ、風呂敷の上にさっき多霧が見つけたサラシだけが置かれている。

「銑之介！」

しばらくじっと耳を澄ましていたが、返事はない。

多霧は鍋と麻袋を屋根の下に置き、銑之介を探して周辺を走った。

だが、足跡も見つけることはできなかった。

あの怪我で、痕跡を消しながら遠くへ行ったというのか――？

多霧が小屋に戻ると、鍋に顔を突っ込んでいた狸が慌てて逃げ出した。

捕まえて狸汁にしてやろうかとも思ったが、麻袋の方は無事であったから見逃してやった。

「さて、どうしたもんかね」

多霧は自分が作った小屋を見る。

姿を消した銑之介の怪我が心配ではあったが、どうしようもない。

問題は、これから自分がどうするかである。

歩き筋踏鞴衆が小屋を掛けていたのだから、きっと近くに砂鉄の溜まりがある。だとすれば、踏鞴衆の小屋に寝泊まりしてその場所を見つけだせばいいのだが――。

銑之介たちを襲った賊たちがまた戻って来ないとも限らない。

多霧は頭上を見上げる。東の方角の木の葉の隙間から日の光が見えた。まだまだ一日は長い。

この近くに砂鉄があることは確かだから、まずはその場所を確かめよう。

多霧は屋根の下からサラシを取り、小袖を脱いで胸に巻きつけた。

砂鉄の溜まりを見つけたら、すぐに仲間の元に戻ろう。そしてここであった惨劇のことについて報告する。砂鉄採りをどうするかは、村下の判断に任せよう。

多霧は麻袋を担いで森を出る。

小屋の周りに散らばる骸《むくろ》には鴉《からす》が群がっていた。多霧が現れると死肉をついばむのをやめて、黒く光る目を向けた。

「夕餉《ゆうげ》の邪魔はしないよ」

言って多霧は無惨な骸から目を逸らし、素早く通り過ぎた。

旅の間に死んだ歩き筋踏鞴衆は、ほとんど埋葬されることがない。森の中に放置され、獣や鳥の餌となる。そうやって、肉体は自然の大きな循環の中に還《かえ》るのである。

年老いて、あるいは重い病のために死期が近いと悟った者たちは、人知れず森の中に入っていった。歩き筋踏鞴衆はそういう人生の閉じ方を誇りとしていた。

町や村で死んだ場合にはやむをえず寺に埋葬されることもあったが、無縁仏の墓からも離されて埋められるのが常であった。

血のにおいの中に、あの刺激臭を感じた。

多霧は小屋に顔を向けた。

甑のある小屋である。その側になにやら黒い塊が積み上げてあった。

刺激臭の源は、どうやらそれらしい。

多霧は積み上げられた黒い塊に近寄って手に取った。ざらざらとした手触りである。黒いものが染み込んだ土のようだった。強く握ると粘りのある感触で、ぼろぼろと崩れた。

顔を近づけると、今まで嗅いだことのない強いにおいが鼻を刺し、多霧は思わず顔をしかめた。

甑の側にはその黒い塊と、砂鉄を入れた箱が置かれている。多霧たち橘衆の踏鞴場の甑の周りに置かれるものといえば、砂鉄と、燃料である炭――。

「これは炭の代わりか？」

多霧は首を傾《かし》げ、卵大の黒い塊を取って腰の革袋に入れた。そして、残りの小屋の物色を始めた。

銑之介が消えてしまったから砂鉄探しに専念できる。握り飯は二日ともたない。山中を歩き回っている間の食糧を調達したかった。

他人のものではあるが、持ち主は銑之介以外は死んでいる。銑之介の傷の手当をしてやったのだから、少しくらい頂いてもバチは当たるまいと多霧は思った。

二

山野領は越後国の北、羽後国に隣接する小藩である。領主は三鷹長経《ながよし》。領地の西側は柳沢《やなぎさわ》家が治める黒川領に接していた。

領内は山がちであり、北側の山野川によって形成された扇状地に城下町があった。

外堀近く、組屋敷の侍長屋が集まる界隈に、広い敷地を高い築地塀で囲んだ一角があった。禄高の高い高知衆《こうちしゅう》の屋敷ではない。御山《おやま》屋敷と呼ばれる、山林の見廻《みまわり》組——御山組の組屋敷であった。

耕地の少ない山野領では、林業が重要な産業であり、他領の樵《きこり》が入り込んで勝手に木を伐《き》らないように厳しい見廻りをしている。御山組は人数も多いので、組屋敷は広い――。

城下ではそう思われていた。

多霧が骸の転がる踏鞴場を後にした頃――。

その御山屋敷の門に一騎の騎馬が駆け込んだ。栗毛の馬を駆っているのは身なりのいい若い侍である。前庭には赤や白の花を咲かせた躑躅《つつじ》の植え込みがあり、池の畔《ほとり》には濃い紫の菖蒲《あやめ》が茂っている。

馬に跨《また》がっているのは、林堂之助《はやしどうのすけ》。筆頭家老、三鷹利誠《としなり》の家臣であった。

堂之助が前庭の葉を茂らせた桜の脇で馬を下りると、すぐに小者が駆け寄って、手綱を預かった。

母屋から中年の侍が駆け出して、堂之助の前に片膝を突いた。御山組の組頭、田嶋《たじま》義兵衛《ぎへえ》――、仲間内では伊折《いおり》の義兵衛と呼ばれる男であった。

「林さま。いかがなさいましたか？」

「昨夜、山中で一仕事したと聞いた」

堂之助は鋭い目で義兵衛を見下ろす。

「林さまがお留守でございましたから、ご家老に直接ご報告いたしました」

「なぜここにいる?」

「仕事を終えましたので」

一瞬、義兵衛の顔に苦々しい表情が浮かんだ。堂之助はそれを見逃さず、強い口調で言った。

「一昼夜、屍の側を離れるなと言うたはずだ」

「息がないことを確かめた後、引き上げました」

「一昼夜だ!　すぐに引き揚げては確かめられぬ」

「……不死の者などおりませぬ」義兵衛は絞り出すような声で言った。

「今まで二百人を超える、罪もない歩き筋踏鞴衆を殺《あや》めましたが、生き返った者など一人もおりませぬ」

「千人殺して生き返らなくとも、千一人目が生き返るやもしれぬ」

「一人を捜すために千人、万人を殺めよと仰《おお》せられますか?」義兵衛は堂之助を睨み上げる。

「さような罪深いことを、配下に――」

「御諚《ごじょう》ぞ」

尊い方の命令である――。堂之助は一言で義兵衛の言葉を断ち切った。

義兵衛は唇を噛む。

「疾《と》く山に戻り、明日の朝まで骸の側にいろ。立ち上がる者がおれば、すぐに捕らえて引き連れて参れ。よいな？」

義兵衛は答えない。

「よいな？」

堂之助が語気を強めると、

「仰せのままに……」

溜息《ためいき》のような声で、義兵衛は答えた。

堂之助は肯《うなず》いて、小者から手綱を受け取り、馬に飛び乗る。

「生き返る者がいなければ、明日の朝、わたしの屋敷へ報告に来い。生き返った者がいれば、連れて参れ。そして、もし、今から山へ行き、骸の数が足りなければ、見つかるまで探せ。必ずだ」

「承知いたしました」

頭を下げる義兵衛に冷たい一瞥《いちべつ》をくれると、堂之助は馬の首を回し、門へ走らせた。

蹄《ひづめ》の音が遠ざかると、義兵衛は気の毒そうに自分を見ている小者に、

「三番隊に昨日の山へ行くと伝えよ」

と言い、母屋に入った。

＊　＊

遺骸は獣たちに食い荒らされていた。

汚れた小袖にぼろぼろの胴丸鎧《どうまるよろい》を着て山賊に扮した三番隊の者たち十二人は、急いで骸の数を数え、広場のはずれに腕組みをして立つ義兵衛に知らせに走った。

「一つ、足りませぬ」顔を強張《こわば》らせてそう報告したのは、安角《あずみ》の安兵衛《やすべえ》。三番隊の隊長である。

「踏鞴衆の顔を覚えさせておりました雲母《きら》の早苗《さなえ》が申しますには、足りぬ骸は、踏鞴衆には珍しい、若い優男《やさおとこ》であったそうで」

「そうか――」

義兵衛は渋い顔で肯いた。

堂之助の言いつけを守らなかったために、探し続けていた者を取り逃がしてしまった。

配下たちの心を慮《おもんぱか》ったばかりに、失態を犯した。苦いものが義兵衛の胸にこみ上げる。

「踏鞴場の近くに急《きゅう》拵《ごしら》えの小屋がございました。焼酎の甕と血まみれの小袖が落ちておりましたから傷の手当をしたものと」

義兵衛の眉間《みけん》に深い皺《しわ》が寄る。

「探せ」

義兵衛が言うと、安兵衛は鋭く指笛を吹いた。

三番隊の者たちは二人一組でさっと六方に散り、森の中に駆け込んだ。

義兵衛と安兵衛も広場を去る。

森の中で様子を見ていた獣たちが、食事の続きをするために恐る恐る広場に戻って来た。

義兵衛と安兵衛も、周囲の下生えの変化に気を配りながら森の中を走る。

山中を一里ほど走ったところで、義兵衛は、自分より前に笹を掻き分けて進んだ人の痕跡を見つけた。それは、ほんの微かな笹の葉の違和感で、足跡の隠し方を知っている者が走った跡で、常人には見分けがつかない。痕跡は義兵衛たちの進行方向を斜めに横切っていた。

血の痕はない。そして、足取りに乱れはない。

踏鞴衆はすべて斬り殺した。息を吹き返したとしても、深い傷を負っているのだから、血痕があるはずだ。

一夜で傷が癒えたというのか——?

義兵衛と安兵衛は立ち止まり、微かな痕跡がどの方角から続いているかを確かめた。

踏鞴場の方から真っ直ぐ北西方向に進んでいる。

踏鞴場の方から、その痕跡を追って来たらしい一組の男たちが走って来る。

義兵衛はその二人に肯いて、痕跡に沿って走り出した。

笹を掻き分けた跡は尾根を登っていた。

その頂上で義兵衛は足を止める。

谷風が微かな水音と、人のにおいを運んできた。

若い女のにおいである。

体臭は年齢によって変化する。踏鞴場にも女はいたが、このにおいは十三、四歳。

その年頃の娘はいなかった。

若い娘で、しかも痕跡の隠し方を心得ている。

何者だ——?

義兵衛は姿勢を低くした。安兵衛と二人の配下も同様に腰を屈《かが》め、尾根から谷を見下ろした。

木々が邪魔で先がよく見通せないが、沢の側で何かが動いた気がした。

目を凝らすと、周囲の木々の新緑、下生えの笹に紛れてしまう草色の着物を着た者が、桃色の谷空木《たにうつぎ》が咲く沢筋を何か探すような様子で動き回っている。着衣に、けばだった古布で無数の継ぎ当てがなされているため、遠目からは森の中に溶け込んでしまうのである。

「山であいう着物を着るのは橘衆でございますな」

安兵衛が言う。

「橘衆か――」

義兵衛は肯いた。

蝦夷系の歩き筋踏鞴衆で、山で砂鉄を探すとき、ほかの踏鞴衆や山賊らとの小競り合いを避けるために目眩《めくら》ましの着物を着ているという話であったが、出会ったのは初めてである。

「橘衆であれば、足跡の隠し方も心得ておりましょう。武術も心得ているという話でございますが――。いかがいたしましょう？　捕らえますか？」

「いや。我らの目的は、息を吹き返した男を探すことだ」義兵衛は二人の配下を振り返る。

「お前たちはあの娘を尾行《つけ》よ。くれぐれも気取られるな。常に風下にいて、十分に間を空けよ」

二人の配下は肯くと、黒い布を懐から出して覆面をし、音も立てずに谷を下りて行った。

安兵衛たちは別の足跡を探して山中を駆け回った。

しかし、三日経っても四日経っても、踏鞴場から消えた男の痕跡を見つけることはできなかった。

三

この時代の製鉄にはもっぱら砂鉄が使われた。

砂鉄は、岩鉄＝鉄鉱石を含む岩石が風化することで生まれる。岩石から剝《は》がれ落ちた磁鉄鉱の粒が雨に流され川に運ばれて河床や海岸に堆積したり、あるいは山中に層を成して堆積することもある。

歩き筋踏鞴衆は山中を歩き、まず砂鉄の溜まりを探す。同時に指南石（磁石）を使って岩鉄も探す。

岩鉄のある所には砂鉄があり、山中に溜まりを見つけることが出来なくても、沢筋、川筋に必ず砂鉄が溜まっているからである。

　砂鉄が溜まった場所を見つけ、そこに踏鞴場を作り鉄を作って里の鍛冶屋に売る。踏鞴場の側に鍛冶場を設け、鍬《くわ》や鋤《すき》、鎌《かま》、鉈《なた》、山刀などを作って売り歩く歩き筋踏鞴衆もあった。

　八世紀から九世紀には岩鉄を用いた製鉄を行う地域もあった。備前、備中、備後などの国々である。しかし、その地域でもしだいに加工しやすい砂鉄を材料とするようになり、岩鉄からの製鉄は廃れていった。

　橘衆は、製鉄も鍛冶もする歩き筋踏鞴衆であった。蝦夷系の踏鞴であったが、岩鉄からの製鉄も行った。

＊　＊

　橘衆は越後国黒川《くろかわ》領の山中に踏鞴場を作り、多霧の帰りを待っていた。踏鞴場は良質の砂鉄の溜まりが近くにあり、ほかの歩き筋踏鞴衆と共用している場所である。

　多霧は砂鉄の溜まりを見つけた後、仲間がつけた目印を追った。そして、銑之介を助けた日から五日後、鉄を溶かす独特のにおいを嗅ぎ取り、目印を頼りにせずとも踏鞴場に辿り着いた。

「なんだい。砂鉄場の話を待たずに踏鞴場を作っちまったのか」

多霧は文句を言いながら、森を切り開いて作られた踏鞴場に入った。近くの桐の木には紫の花が咲いていた。

三十人ほどの人々が、踏鞴場の中で働いていた。甑の左右から鞴《ふいご》を踏む者。甑の火の色を見るホド穴を覗く者。炭を焼く者――。女子供たちは、山野で見つけた食べられる野草や薬草の分別を行っている。

「お前ぇが遅いからだろうが」

と言ったのは右の鞴を踏んでいる橘 秀綱《たちばなのひでつな》。多霧の長兄である。身の丈六尺（約一八〇センチ）を超える巨漢であった。下穿《したば》きの上に麻の袖無しを羽織っただけの姿で、汗まみれの肌に筋肉が浮き上がっている。踏鞴場にいる男たちは皆、六尺に近い背丈である。

「仕方がないだろう。色々と厄介なことがあったんだから」

多霧は甑の小屋の前にあぐらをかいた。

「なにがあった?」

と訊いたのは、ホド穴を覗いている老人である。半白の髪に半白の髭。星七宝柄の麻の着物の上に長い刺し子の袖無しを羽織っている。尻端折りをして、股の間から下穿きの端が長く垂れ下がっていた。多霧の父、橘秀郷《ひでさと》。橘衆の村下であった。

「山の中で怪我人を助けた。出雲の歩き筋踏鞴衆に厄介になっている奴だ」

多霧は銑之介の顔を思い出し、すこしだけ胸が高鳴るのを感じた。

「手当にそれほどの手間はかかるまい」

左の鞴を踏んでいる次兄の秀道《ひでみち》が訊く。こちらも下穿きに袖無し姿で、細いが筋肉質の男である。

「まぁそうなんだけどね」

砂鉄を探すのに時がかかったのは、ついでに銑之介の姿を探していたからでもあった。

「その出雲の踏鞴衆、なんという名だ？」

秀郷が訊いた。

「相手は怪我人だ。銑之介っていう自分の名前を言うので精一杯だった」

「仲間に訊けばよかったではないか。助けた後、仲間の元へ連れていったのであろうが」

「訊くにきけなかった。もう殺されてたからね」

多霧が答えると、秀道が「なに？」と言って鋭い視線を向けた。

秀道は近くにいた若い者を捕まえて鞴踏みを交代すると、多霧の前に駆け寄った。

「詳しく話せ」

と多霧を見下ろす。

「山の中で砂鉄を探してたら、血のにおいがした——」

多霧が言った瞬間、秀道が多霧の両襟《りょうえり》を摑んでぐいとその体を引き上げた。

多霧は宙づりにされて手足をばたつかせた。

「なにするんだよぉ！　離せよ！」

踏鞴場の人々は一斉に多霧と秀道の方を見る。

「お前は、血のにおいのする所へわざわざ近づいたのか！　危険だと思われる所には近づくなと日頃から言っているではないか！」

秀道は多霧の額に自分の額を押しつけ、恐ろしい形相で怒鳴った。

「だって、山中で一人、二人じゃない血のにおいがしたんだ！　歩き筋の者たちが大変な目にあっているんじゃないかと考えた！　歩き筋は助け合うのが掟《おきて》だろうが！」

多霧は言い返す。

「お前まで襲われたらどうする！」

「襲われなかった！」

「それは結果だ！」

「あたしが行かなければ、銑之介は死んでいた！」

「大切なのは、見知らぬ他人の命より、お前の命だ！」

秀道は多霧を地面に投げ飛ばす。

多霧は受け身を取ったが、秀道の力は強く、そのまま二間（約三・六メートル）も地面を滑った。

「このやろう！　大切と思うならもっと優しく扱いやがれ！」

多霧は秀道に飛びかかる。

秀道はその腕を摑み、くるりと向きを変えて多霧の体を背中に乗せ、腰を跳ね上げて投げた。

今度は背中から地面に叩きつけられ、多霧は「うっ」と息を詰まらせた。

秀道は素早く多霧を腹這いにさせて右腕を背中に捻り上げる。膝を多霧の背に乗せて動きを封じた。

「痛ぇだろ、馬鹿野郎！」

顔を土だらけにして多霧は叫んだ。

「いいか、多霧。お前の腕前はこの程度だ。これからは危ない所には絶対に近づくな」

秀道は言う。

「危ない所でも、誰かが困っていたら助けに行く！」

必死の形相で多霧が怒鳴ると、長兄の秀綱ののんびりした声が聞こえた。

「それはもう少し喧嘩に強くなってからにしろ」

「素直に分かりましたと言え」

父の秀郷が笑いながら言った。

その時、小さい足音が駆け寄ってきた。

「秀道兄《あに》さま！　多霧姉《あね》さまに酷いことをするな！」

「すぐに手を離せ！」

幼い娘の声と共に、打撲の音が響いた。

「痛っ！」

声と共に秀道の体が多霧の上から離れた。

多霧は素早く飛び起きて、頭を抱える秀道に向き合い身構える。

多霧を守るように二つの人影がさっと割って入る。棍棒を持った身の丈四尺（約一・二メートル）ほどの二人の娘――。多霧の妹の侘枯《たきつ》と夷月《いつき》であった。

「後ろから襲うとは卑怯であろう」

秀道は後頭部をさすりながら、しかめっ面を二人の妹に向ける。

「敵にでもそう言うか？」

言ったのは侘桔である。三姉妹の中でも一番気の強そうな顔をしていた。

「後ろからの攻撃を避けられなかったのは、秀道兄さまの修業が足りないからだ。修業の足りぬ秀道兄さまが、多霧姉さまに説教をするとはかたはら痛い」

「かたはら痛い」

と夷月も言う。大人しそうな顔をした娘であったが、侘桔に並んで胸を張った。

「もうそのぐらいにしておきな」

声と共に恰幅のいい中年女が間に入った。

生成《きなり》の麻布を桂包《かつらづつみ》に頭に巻き、継ぎ当てのある小袖に湯巻《ゆまき》姿である。襷《たすき》を掛けているので太い腕が剝《む》き出しになっていた。

多霧の母、尾葉浮奈《おはうきな》である。蝦夷言葉で二輪草《にりんそう》を意味した。橘衆の者たちは浮奈さまと呼んだ。

「だって母《かか》さま」夷月が唇を尖《とが》らせる。

「いつも秀道兄さまは、多霧姉さまに辛く当たる」

「それは多霧がかわいいと思うからこそなんだよ」

浮奈はにっこりと笑って見せた。

「誰がかわいいなどと思うものか。三人とも、小娘の癖に乱暴者で、大人びた口をききやがる。まったくもって、かわいげのない！」

秀道は頭をさすりながら小屋に戻り、若い者を乱暴に押しやって鞴踏みを再開する。

「このくらいじゃなきゃ、歩き筋踏鞴衆の娘として生きていけないんだよ」

と浮奈が言う。

「そうだそうだ」侘桔が尻馬に乗る。

「このくらいじゃないと、村のならず者に手込めにされる」

「秀道兄さまに虐《いじ》め殺される」

夷月が言う。

「なんだと！」

秀道は怒鳴ったが、秀綱に「母《かか》さまがそのぐらいにしておけと言うたろう」と言われて口を閉じた。

浮奈は、くるりと多霧を向き、

「ほれ、多霧。村下にお知らせすることがあるんだろう」

ぽんとその尻を叩く。

多霧は二人の妹の頭を撫でて、父の元に歩み寄った。

侘桔と夷月は微笑んで浮奈と共に薬草の選別に戻る。

「親父どの。出雲の踏鞴衆の踏鞴場でこんなものを見つけた」

多霧は腰の袋から刺激臭のする黒い塊を出して、ホド穴を覗く秀郷の横顔に突き出す。

秀郷はちらりとそれを見て、またホド穴に視線を戻す。

「土瀝青《どれきせい》だ」

「なんだそれは？」

「燃える土だ。越後国では昔から燃える水——臭水《くそうず》や土瀝青が採れる。帝に献上したこともある」

土瀝青とは現代で言うアスファルトである。臭水は石油のことであった。

日本書紀に、天智天皇七年、越の国から〈燃土《もゆるつち》〉と〈燃水〉が献上されたという記載がある。

「出雲の踏鞴衆はそれを燃やして鉄を吹いていたか」

「そのようだった」

「それで、銑之介とかいう男、手当をしてやった後、どうした？」秀綱が鞴を踏みながら訊く。

「近くの村にでも預けたか？」

「いや……」多霧は首を振る。

「そうしようと思ったが姿を消した」

「なに？」秀道が眉をひそめる。

「怪我をしていたんじゃなかったのか？」

「してた。胸を三十針ほど縫ってやった」

「ならば遠くへは行けまい――。それなのに見つけられなかったのか？」

「ああ」

多霧は不機嫌に頰《ほお》を膨らませた。

「咎《とが》めているんじゃない。お前でも見つけられなかったというのが解《げ》せない」

秀道は言う。

多霧は橘衆の中でも森の下生えの中に獣や人が通った痕を見つけるのが得意だった。迷子になった子供を、仲間の誰よりも早く見つけだすことができた。

「傷が治ったのであろうよ」

秀郷がホド穴を見つめたまま言う。

「縫って一刻《いっとき》（約二時間）も経っていなかった。そんなに早く傷が治るもんか。それに助けてやったあたしに何も言わず姿を消すのはおかしい」

多霧は、出血の割に銑之介の傷が浅かったことを思い出した。そして、銑之介が元もと出雲系の踏鞴衆ではなく、何かの理由で世話になっていたらしいということも。

「親父どのは昔話のことを言っているのか？」

秀綱が訊く。

「昔話？」

多霧は秀綱と秀郷を交互に見た。

「無明《むみょう》衆《しゅう》の話か」

秀道が言った。

「ああ――」

多霧も思い出した。

織田信長が本能寺で明智光秀に討たれる以前、無明衆と呼ばれる歩き筋踏鞴衆がいた。

当時、諸国を自由に往き来できる歩き筋は、透波《すっぱ》（スパイ）として諸国に雇われていた。

諸侯はなんとしても無明衆を己の透波として迎えようと、その後を追い、使者を差し向けた。

無明衆は不老不死であるという噂があった。

神代《かみよ》の昔の話である。地上の人々は未だ鉄というものも、田畑を耕すことも知らず、獣を狩って暮らしていた。しかし、ある時、高天原から転がり落ちた神の鉄《くろがね》に触れ、鉄の秘密と、不老不死の体を得た人々がいた。その者たちは無明衆と名乗り、地上における鉄の神々となった。無明衆は、人が鉄の秘密を知ることを嫌い、砂鉄や岩鉄に呪《しゅ》をかけて、何人《なんぴと》も鉄を溶かして道具を作ろうと考えないようにした。その呪いを解き、鉄の秘密を知ろうとした者は皆殺しにした。無明衆は荒ぶる神々であった。

しかし、一族の中に、人々に鉄を分け与えれば、土を耕し作物を作ることができ、もっと楽な暮らしをさせられると考えた慈悲深い者がいた。そういう者たちが鉄を持ち出し、人々に伝えた。

鉄の秘密は瞬く間に人々の間に広がり、鉄の神である無明衆はしかたなく人々が鉄を使うことを許したが、それ以上の秘密を知ろうとする者たちには、怒りの鉄槌を振り下ろした。

人々に鉄を伝えた無明衆は、神々の国を追われ、一カ所の土地に留まることを禁じられて、歩き筋踏鞴衆の始祖となった――。

歩き筋踏鞴衆に伝わる製鉄の起源の神話である。

不老不死の歩き筋踏鞴衆が諸国を放浪している――。

数十年を経て村にやって来た無明衆が、以前と変わらない年格好であったという話は、諸国で語られていた。

不死であれば、敵の国に一人で忍び込み、国主の首を取って来ることができる。兵として使えば、不死の軍団を作ることもできる。諸侯はそう考えたのである。

しかし無明衆はどこの国にも与《くみ》せず、何処《いずこ》へともなく姿を消した。以来、無明衆の姿を見た者はなくその噂も聞くことはなくなった。

ただ――。歩き筋踏鞴衆だけには、新しく一つの伝説が加わった。

無明衆はばらばらになって、他の歩き筋踏鞴衆の中で暮らしている。不老不死であるから、長い間その踏鞴衆の中に留まっていれば、正体が知られる。だから、無明衆の者たちは歩き筋踏鞴衆を渡り歩いている――。

銑之介は、山中で惨殺された踏鞴衆に世話になっていた。

伝説に当てはまるではないか――。

多霧は眉間に皺を寄せた。

だが、不老不死などあるわけはない。

しかし、銑之介が不老不死だと考えれば、あの場から消えた理由も説明できる——。

「無明衆は本当にいたのかもしれぬな——」

秀郷はぼそりと言った。

四

黒川領から山野領に向かう街道である。

棒縞の着物を尻端折りして風呂敷包みを背負い、菅笠を被った男が森の中を歩いている。腰には短い籐巻きの道中差《どうちゅうざし》を差していた。

周囲に旅人の姿が途切れると、男は森の中に駆け込んだ。

橘衆の、鎬《しのぎ》の瓢太《ひょうた》という若者である。

町や里を巡っていたので、山で着る草色の小袖ではなく、普通の旅人の扮装であった。

これといった特徴のない顔で、中肉中背。目立たない男であったから、旅を先行して踏鞴場を作る予定地の周囲を下調べする役目を担っていた。

どのような品物が売れ筋であるかあらかじめ調べるのである。

また、町や村には農具屋や刃物屋、鍋や釜を売る荒物屋がある。店を持たずに依頼されればその場に出かけていって鍛冶仕事をする野鍛冶もいる。歩き筋踏鞴衆はそれらの商売と競合する。

どこへ行けば既得権を持つそれらの者たちといざこざを起こさずにすむかも調べるのである。時に、元締のような者に付け届けをして商売の話を通すこともあった。

瓢太は十日ほど前から黒川領に入っていたが、そろそろ仲間が到着する頃だと思い、山へ戻ったのである。

瓢太の足が速くなる。

黒川領には何年かに一度、踏鞴場を作る場所があったから、道に迷うことはなかった。

斜面を駆け上り、谷を滑り降り、沢を飛び越えて瓢太は走った。

もう踏鞴場に着くはずだと思ったところで、瓢太は足を止めた。太い櫟《くぬぎ》の木に身を隠して素早く風呂敷包みをほどき、草色の麻の小袖を出し、急いで着替えた。今まで着ていたものを風呂敷に包んで背負う。

幹からそっと顔を出した。

汚い着物に胴丸鎧を身につけ、黒覆面で顔を隠した二人の男が、少し間を空けて森の中に身を潜めている。腰の後ろに脇差を差していた。

山賊か――？

瓢太は籐巻きの道中差を背中に差す。森の中を移動するときに邪魔にならないよう、体の左右に柄や鞘が飛び出さないよう使う者の体に合わせて打たれた橘衆の刀で、下生えを切り開く山刀としても使っているものだった。

踏鞴場はすぐそこ。微かに人の声も聞こえてくる。

橘衆を見張っているのか――？

夜陰に乗じて踏鞴場を襲うつもりで見張っているのだろうかとも思ったが、山賊にしては様子がおかしい。二人とも身じろぎもせずに前方を注視している。日頃厳しい修業をしている透波のような印象を受けた。

瓢太の頭に黒川で聞きつけた噂が浮かんだ。

ここ数年、山野領に歩き筋踏鞴衆は入っていないらしい。安い農具が出回っていて、商売にならないからということらしいが――。

しかし、山野の者が、歩き筋踏鞴衆が来たと聞いてわざわざ黒川まで出てきて安い農具を求めることもあるという。

辻褄《つじつま》の合わない噂である。

それが心の中に引っ掛かっていたが――。

踏鞴場があるのは、山野領にほど近い山の中。

何者かが、歩き筋踏鞴衆が山野領に近づかないようにしていると考えれば辻褄は合うぜ――。

瓢太は二人の黒覆面の背中を睨む。

さて、どうしたものか。一人、引っ捕まえてなんの目的で橘衆を見張っているのか口を割らせようか――。

瓢太は足音を忍ばせて右側の一人に近づく。

あと五間（約九メートル）というところで黒覆面が振り返った。同時に棒手裏剣を瓢太に放つ。

瓢太は転がって攻撃を避け、道中差を逆手に抜いた。

左の男も瓢太に気づき、立て続けに三本の棒手裏剣を放つ。

瓢太は右に左に飛んで二本を避け、顔に目がけて飛んできた一本を道中差で弾《はじ》く。

右の黒覆面が刀を抜き、瓢太の胴を薙《な》ぐ。

瓢太は体を折って際どくその切っ先をかわし、左手の拳を男の頬に叩き込む。

殴られた男は横様にふっ飛ぶが、左の黒覆面が瓢太に斬りかかる。

その刃を道中差で受けながら、瓢太は、視野の隅に殴り飛ばした男が刀を構え突っ込んでくるのを捉えた。

手練《てだ》れだ。このままではまずい――。

瓢太は鋭く口笛を吹いた。

甲高い音が森に響く。

現代のヨーロッパの山岳地帯に口笛で会話をする一族がいるが、届く距離はおよそ四キロ。一里である。橘衆の口笛は一里半（約六キロ）四方に届く。

瓢太の口笛は半町（約五五メートル）先の踏鞴場に届き、すぐに若い衆らの雄叫《おたけ》びが聞こえた。

黒覆面二人は目配せで合図しあい、左右に分かれて走り出す。

「待ちやがれ！」

瓢太は地面に刺さった二本の棒手裏剣を抜くと、左側の黒覆面を追う。

「瓢太！　瓢太！　深追いするな！」

背後から秀綱の声が聞こえた。

瓢太は舌打ちして、走りながら二本の棒手裏剣を黒覆面に放つ。

足を狙った一本ははずれた。

頭を狙った一本が、左側頭部を切り裂く。

黒覆面は左の耳を掌で押さえ、走り続ける。

瓢太は足を止めた。

黒覆面は森の中に消えた。

秀綱と数人の若い衆が瓢太に駆け寄る。

「何者か分かるか？」

秀綱が訊いた。

「いえ。ここまで来たら、踏鞴場の様子を窺ってるのが見えたんで、取っ捕まえようと思ったんですが――。もしかすると三鷹御家中の者かもしれやせんぜ」

瓢太は秀綱を見上げて、山野領と歩き筋踏鞴衆に関する噂を話した。

「なるほど――」

秀綱は黒覆面が走り去った森の奥を見つめる。

歩き筋は弱い立場であり、できるだけ諍《いさか》いは避けるのが生きる術《すべ》であるということは分かっていた。まして相手が藩に仕える者となれば、なおさらである。逃げたならば、そのまま知らないフリをしておくのがよい。それは分かっていたが、瓢太は言った。

「左耳を切り裂きやしたから、血の跡を追えば行く先が分かりやすぜ」

「いや。やめておこう」秀綱も口惜しそうな顔である。

「向こうもお前の動きを見て、橘衆は手練れ揃いだと分かったろう。また、三鷹の手の者だとすれば、ここは他国の領地。下手なことはできまいよ――。まずは、黒川領の様子を村下にご報告申せ」

秀綱は瓢太の背中を叩いた。

「へい……」

瓢太は秀綱らと共に踏鞴場へ向かった。

* *

広さ三十畳はある広い掘っ建て小屋には、囲炉裏を囲んで、村下の秀郷、その息子秀綱、秀道、多霧、若い衆の手練れの鎬の瓢太、草摺《くさずり》の勘介《かんすけ》、錣《しころ》の鐵《てつ》が座っていた。ほかの者たちは踏鞴仕事のために手が離せない。

その小屋は橘衆の集会所で、〈会所〉と呼ばれていた。女子供も入れると五十人を超える大所帯の橘衆全員が集まれる建物である。柱や梁《はり》は山から切り出した丸太。壁と屋根は茅《かや》である。床は土であったが少し掘り下げて、囲炉裏も二カ所に切ってあるので冬でも暖かい。

「まずは商売の件を――」

と、瓢太は黒川の状況を語った。

「――ってことで、黒川からも農具や鉄器を買いに来る者が多ございやすから、品物はどんなものでも売れそうで」

「うむ」秀郷は半白の顎髭をしごく。

「それでは、片寄りなく作ることとしよう。いつもの一割増しだ」

「はっ」

と秀綱が肯いた。

「次は歩き筋踏鞴衆の件だ」秀郷が言う。

「山野領には歩き筋踏鞴衆が入らぬか」

「入らぬというよりも――」秀道が言う。

「入れば殺されるのではございませぬか？」

「殺される？」

瓢太は眉をひそめる。

「親父どの――」多霧が口を挟む。

「もしかしたら、瓢太が見た男たちは、銑之介の仲間たちを殺した奴らの仲間かもしれない」

「なんだ、その銑之介ってのは？　話が見えねぇぜ」瓢太が怪訝《けげん》な顔をする。

「それに、殺しとは穏やかじゃねぇな」

「その通り。穏やかじゃない」

言ったのは草摺の勘介である。頬が削《そ》ぎ落とされたように細く、鋭い目をした若者である。

「多霧。話してやれよ」

鎹の鐵が言った。多霧と同い年で、賢そうな顔をした少年であった。

多霧は肯いて瓢太に出雲系の歩き筋踏鞴衆の踏鞴場であった出来事を語った。

「殺された踏鞴衆が踏鞴場を作っていたのは山野領ではないか？」

秀道が多霧に訊く。

「山に国境《くにざかい》の線が引かれているわけじゃないからね――」多霧は、歩いた道筋を思い返す。

「黒川領の山を歩いていたつもりだったけど、もしかすると、血のにおいを追っているうちに山野領に入っていたかもしれない」

「歩き筋踏鞴衆が山野領の山中でみな山賊に殺されていれば、領内に歩き筋踏鞴衆は入らない」

秀綱が顎を撫でる。

「そりゃあ短絡にすぎるよ」多霧は首を振った。

「だいいち、そういうことが数年前から起こっているんなら、噂が聞こえて来ないわけがないじゃないか」

「噂というものは、語る者が多くなければ広まらぬ」秀郷が言う。

「我らにはまだ届いていないだけなのかもしれん」

「用心して山野領には近づかない方がいいな」

秀道が言う。

秀郷がにやりと笑う。

「それが噂の始まりよ。これから噂は広がっていく」

「――それじゃあ、今夜はここが襲われるんでござんしょうか」

瓢太は眉をひそめる。

「まぁ用心に越したことはないな」秀郷が言う。

「しばらくの間、女子供は人目の多い所に移しておいた方がよかろう」

「それならば、おれが道案内いたしやす」瓢太が立ち上がる。

「城下に歩き筋も泊める木賃宿《きちんやど》がございやす」

木賃宿とは、旅人が薪代を支払って泊まる安宿である。食事は旅人の自炊で、米も持参した。

「多霧」秀綱が言った。

「女たちに、事情を話して支度を急がせろ。もちろん、お前は女に数えんからな」

「言われずとも」

多霧は兄に舌を出すと、会所を出ていった。

橘衆に、黒川領での商売を諦めて、安全な他領に移動するという選択肢はない。歩き筋踏鞴衆の作る品物は安いのが身上。大儲けするということはなく、一族がやっと食っていく程度の収入にしかならない。黒川で商売にならなければ、蓄えが底を突くのである。

五

御山組組屋敷の庭に、伊折の義兵衛が立っていた。その前に二人の男が片膝を突いている。三人とも黒い小袖、袴に茶色の羽織姿である。御山組の日常の装束であった。

一人は、左耳から頭にかけてサラシを巻いていた。名を岩船《いわふね》の権六《ごんろく》といった。癖のある硬い髪を茶筅に結って、暗い目をした男であった。

一人は、権六と共に橘衆の踏鞴場を見張っていた男、風倉《かぜくら》の英蔵《ひでぞう》。細面で鋭利な刃物を思わせる顔つきをしている。

「橘衆は手練れ揃いか――」

義兵衛は腕組みをして渋い顔をする。

権六の頬がぴくりと動いた。

「手の空いている者は、踏鞴場で調練を欠かしませぬ」

と英蔵が答える。

「踏鞴場が黒川領であれば、おいそれと手を出すわけにはいかぬな」

「山賊には国境《くにざかい》など関係ございませぬ」

権六がぼそりと言った。

「汝《うぬ》らが手裏剣など使っておらねば、山賊で通すこともできたろうがな」

義兵衛は吐き捨てるように言う。

「棒手裏剣を使ったことを知っているのは橘衆のみ。皆殺しにすれば、黒川の御家中に知れることもございますまい」

権六が挑むような目で義兵衛を見た。

「黒川は柳沢《やなぎさわ》さまのご領地。殿に話をつけていただくことはできませぬか？」

英蔵が訊いた。

黒川領の領主は柳沢保卓《やすたか》。江戸中期、四代将軍徳川綱吉《とくがわつなよし》に重用された柳沢吉保《よしやす》の血族である。

吉保は正徳四年（一七一四）に没している。しかし、吉保は、三鷹家ほか幾人かの大名と共に歩き筋踏鞴衆の秘密に関わる出来事に関与した。以後、柳沢家も歩き筋踏鞴衆らを注視している。

「柳沢さまはお味方とはいえ、それは表面上のこと。我らが黒川で歩き筋踏鞴衆を手に掛ける許しを得るには、無明衆の話をせねばなるまい。殿は無明衆のことを知られたくは御座《おわ》さぬ」義兵衛は首を振った。

「橘衆は放っておけ。攻撃がなければ向こうも大人しくしておろう」

「では、田沼《たぬま》さまのお力を――」

権六の言葉を、義兵衛は睨むことで制した。

田沼さまとは田沼意次《おきつぐ》。後に権勢を誇る男も、この頃はまだ八代将軍徳川吉宗の嫡男、家重の小姓であったが――。

「それは殿のご判断だ。お前が口出しをすることではない」

「ならばせめて見張りを続けさせてくださいませ」英蔵が食い下がる。

「生き残りが匿《かくま》われているやもしれませぬ」

「我らが沢で見た橘衆の娘、あの時には一人でございましたが、もしかすると複数で山を歩いていたとも考えられまする」

権六も言う。

「娘と一緒にいた者が、生き残りを助け、橘衆の踏鞴場へ運んだと――」

ありえないことではないと義兵衛も思った。

「よし」義兵衛は言った。

「見張りは二人に任せる」

「雲母《きら》の早苗《さなえ》を使いとうございます」英蔵が言う。

「あの踏鞴衆の顔をすべて覚えておりますれば」

「許す。連れて行け。安角《あずみ》の安兵衛《やすべえ》にはおれから言うておく」

安角の安兵衛は御山組三番隊隊長。権六と英蔵の直属の頭《かしら》である。

「もう一つ――」権六が言う。

「橘衆が一歩でも山野領に入ったならば、我らの判断で捕らえることをお許し下さい。見張るよりも口を割らせた方が早《はよ》うございます」

「山野の内であればな」

「やむをえず命を奪うことも」

「山野の内であればだ」

義兵衛の答えに、権六と英蔵は深々と頭を下げて、前庭から駆け去った。

＊　＊

橘衆の女子供は瓢太に連れられて黒川の城下へ向かった。

多霧は女に数えてもらえなかったが、それは望むところ。妹の侘《た》桔《きつ》と夷月《いつき》はひどく駄々をこねて踏鞴場に残ることになった。

その日の内に踏鞴場の周囲に丸太の柵が設けられ、急造の物見櫓《やぐら》が組まれて、歩哨の割り当てが決められた。

＊　＊

夕刻、密かに踏鞴場に近づいた御山組三番隊の岩船の権六、風倉の英蔵は、柵に設けられた二つの出入り口が見通せる場所に身を潜めた。黒の小袖に黒の裁付袴《たっつけばかま》。黒覆面という出で立ちである。

二人と同様の姿をした女が、身を隠しつつ柵の周囲を巡っていた。

雲母の早苗である。

覆面の後頭部から、束ねた長い髪が垂れている。形のいい眉の下の切れ長の目は冷たい光を宿している。

女童《おんなわらべ》が三人。そのほかに女子供の姿はない。襲撃に備えて別の場所に移したか――。

「なかなか動きが速いのう」

早苗は呟く。目が笑みの形を作った。

生き残りの若者の姿は見えない。深手を負っているはずだから、小屋の中に伏せっているのかもしれないが――。

橘衆は手練れ揃いと聞いたから、迂闊《うかつ》に忍び込んで確かめるわけにもいかない。

辺りが薄暗くなり、厨《くりや》の小屋で夕餉の支度が始まると、早苗は近くの藪に身を潜めて、じっと様子を窺った。

注目していたのは器の数と料理である。

柵の中で踏鞴仕事をしていたのは、女童たちを入れて二十八人。その数よりも器が多ければ、小屋の中にいて姿を見せない者がいる。

また、胃の腑に負担がかからないような粥などを作っていれば、体が弱っている者がいる証である。

用意された椀は二十八。木皿も二十八。小屋に隠れている奴はいない。

粥などを作っている者もいない。

あの若者はここにはおらぬか――。

体が弱っている者は女子供とともに、どこかに移しているかもしれない。

移したとすれば黒川領であろう。

襲撃を防ぐことを考えれば、人目の多い町を選ぶはず。橘衆は総勢五十人ほどということであったから、移った者は二十数人。それだけの数が寝泊まりするには小さな村では無理。

ならば黒川の城下か。歩き筋も泊める宿が幾つかある――。

「そちらも確かめてみなければならないね」

早苗は呟いて柵を回り込み、南側の出入り口を見張っている英蔵の元に走る。

「襲撃を受けた時に足手まといになりそうな者は踏鞴場から移したようだ」

早苗の報告に、

「だとすれば、怪我人はそっちかもしれんな」

と英蔵は言った。

「それを探ってくる」

「ならば北側の権六にも伝えてから行け」

「承知」

早苗は肯いて英蔵の側を離れた。

＊　＊

黒川の城下町は宵の口だというのに静まりかえっていた。

黒川領は一万石であったが、新田開発もままならない山がちの領地であったため、実質の石高はそれを下回っていた。畢竟《ひっきょう》、年貢は高くその取り立ては厳しい。百姓も町人も暮らしは楽ではなかった。

早苗は町はずれの木賃宿数軒に忍び込み、すぐに橘衆の女子供が寝泊まりする宿を見つけた。

二軒に分かれ、十数人ずつ。いずれも、護衛らしい屈強な男が一人ついていた。

しかし――、生き残りの若者の姿はなかった。

橘衆はあの若者を匿ってはいないのか――。

早苗は唇を噛む。

あるいはまったく別の所に隠しているのか。もしそうならば、居場所を知っている者を捕らえて白状させるか、辛抱強く見張り続け、踏鞴場や宿を出る者を尾行する以外に手はない。

「手詰まりだね」

早苗は夜の闇の中を橘衆の踏鞴場に走った。

六

雲母《きら》の早苗《さなえ》が黒川城下の木賃宿を探った日から数日後の夜。

江戸の田沼意次の屋敷である。

意次はこの年、数え二十五歳。細面で整った顔立ちをした若者である。

今宵は居室で書物を紐解いていた。

意次は、書見台の本の頁を捲《めく》る手を止めた。

微かな気配を感じ取ったのである。

同時にどこからともなく声が聞こえた。

『お勉学中のところ、失礼いたします』

「何者だ？」

意次は本を閉じる。

『越後から参りました』

「黒川か？　山野か？」

『山野でございます』

「山野の三鷹の透波《すっぱ》がなんの用だ？」

『無明衆のことにございます』

「ほぉ――」

意次の目が光った。

『三鷹は無明衆を見つけましてございます』

「それをわざわざ伝えに来たか。なにが望みだ？」

『三鷹だけでは手に余りますゆえ、なんとかお力添えをと』

「ふん」と意次は鼻で笑う。

「木っ端大名だけではどうにもならぬゆえ、公儀と手を結びたいと？」

『田沼さまもご公儀のためだけに動いて御座《おわ》すわけではありますまい』

「それで、どんな力添えを望んでおる？」

『無明衆を捕らえるには、黒川が少々騒がしくなります』

「無明衆は黒川にいるか。そして、黒川の柳沢はまだそれに気づいていないと？」

『ことはもう少し複雑でございますが』

「で、どのように騒ぐ？」

『山中で山賊が暴れます。黒川城下でも少々。家が何軒か焼かれるやもしれません』

「人が死ぬか？」

『百人にはなりますまい』

「ふむ。それで、三鷹に力添えをすれば、どのような見返りがある？」

『無明衆は複数おりますゆえ、一人を献上いたしましょう』

「二人――」意次は少し考えて繰り返す。

「二人欲しい」

『欲深く御座しますな』

　声はくすくすと笑った。

「一人はお上に献じよう。三鷹からの貢ぎ物としてな」

『それはありがたいことで。して、もう一人は？』

「わたしが預かる」

男の返答まで間があり、蠟燭《ろうそく》の燃える音だけが室内に響く。

『なるほど』

男は短く答えた。

「今、柳沢保卓さまは江戸に御座す。三鷹の関わりが分からぬよう、うまく取り計らおう」

『我が殿も江戸に御座しますが――』

「安心いたせ。お前たちの動きは伝えぬ。お前たちも、わたしが無明衆を一人手に入れることを誰にも知られるでないぞ」

『お約束いたしましょう』

「よし――。ところでお前は床下か？　天井か？」

『天井でございます』

「そうか――。お前は田沼家がどういう家柄であるか知っておるか？」

「今の公方さまのお供で紀州からお出でになったと』

「左様。足軽の家であったが、江戸に出てきて小身旗本よ。その時に一緒に江戸に出てきた者たちの中に、紀州の御庭番《おにわばん》もいたことは知っておるか？」

『はい……』

男の声が緊張した。

「御庭番の子息らには、わたしと共に野山を駆け回った仲の者たちもいる」

『なるほど……。そういう方々を何人かお抱えになったということでございますか……』

「易々《やすやす》と屋敷に潜り込めたと思っておろうが、そうはいかなかったということだ。今、お前の周りに何人いる？」

『二人でございます……』

「ならば、庭には五人ほどおろうな。次に来るときには、昼間に通用口から参れよ——。今宵は首を搔き斬られなくてよかったな」

『ご配慮、ありがとうございます……』

「礼は、側の二人に言え」

意次は書見台の書物に手を伸ばし、先ほどまで読んでいた頁を開いた。

気配が消えた。

「誰かついていけ」

意次は呟くように言った。

＊　＊

田沼屋敷を抜け出した伊折《いおり》の義兵衛《ぎへえ》は、顔に浮いた脂汗を掌で拭った。

意次に言われるまで、二人の男が間合いに入っていることにまるで気がつかなかった。向こうがその気ならば、こちらが刀の柄に手を触れる前に、喉を切り裂かれていたろう。

忍び込む時には不用心な屋敷よと侮っていたが、不用心なのは自分の方であったか――。

義兵衛は夜空を切り取る屋敷の屋根を振り返った。

人影が一つ、屋根の上に立っているのを見、義兵衛はぎょっとして走り出した。

＊　＊

江戸で伊折の義兵衛が田沼意次に会った次の日。

橘衆の踏鞴場は平穏な五日を過ごしていた。用心のために、いつもより大人数の五人を一組として砂鉄集めに当たっていたが、襲撃はなかった。

しかし、見張りが二人いると父の秀郷、兄の秀綱、秀道は言う。

その言葉が本当かどうか確かめようと多霧は柵の外に出ようとしたが、秀道に襟首を摑まれて引き戻された。

六日が過ぎ、七日が過ぎても敵襲はない。

踏鞴仕事も順調に進み、農具や鍋、釜の鍛冶仕事もはかどって、行商に出る用意が整ったのは多霧が合流して十日目のことだった。

「さて、どうしたものかのう」

秀郷は地面にしゃがみ込み、棒で黒川領の絵図を描き、下唇を突き出す。

「なにがだ、親父どの」

多霧は秀郷に並んでしゃがむ。

「黒川の町や村に行商に出れば、踏鞴場が手薄になる。だが、品物を売らねば、女子供の泊まる宿の支払いが滞る」

「とりあえず、城下を中心にというのはどうだ？　行商は女子供に任せれば、その護衛と荷を運ぶだけの人数を割けばいい」

秀道が多霧の隣にしゃがむ。

多霧は地面の絵図を飛び越え、秀道から離れた。

秀道はむっとした顔をし、多霧は舌を出した。

「城下はやめておこう」秀郷は首を振る。

「元もといる踏鞴衆や鍛冶屋に回す賄《まいない》がもったいない。こちらから十人ほど出し、女子供を三人一組、二人一組に分けて、男の護衛をつけ、近郷近在を廻らせよう」

「なるほど。では、人選をしてくる」

秀綱は多霧たちの側を離れる。秀郷と秀道も小屋の方へ向かったが、多霧はしゃがんだまま父が描いた地面の絵図をぼんやりと眺めていた。

頭の中には銑之介の顔が浮かんでいる。

あれから銑之介はどうしたろうか――。

もう傷は治ったろうか。

銑之介が本当に無明衆ならば、完治しているだろう。

銑之介は、たまたまあの踏鞴衆の中にいて、惨劇にみまわれたのか？

それとも、三鷹の連中は無明衆がいる踏鞴衆を狙ったのか？

しかし、無明衆は不老不死。そうと知っていれば斬っても無駄だということも分かるはず。

三鷹の連中の目的はなんだったのか――？

あの日からずっと気にかかっていたことであったが、時が経つに連れて疑問は膨らんでいく。

そして、もう一つ。

もしかして、橘衆を見張っていた者たちは自分を尾行してこの踏鞴場まで来たのではないか――?

鉄之介を助けた時、周りに人の気配はなかった。だが、鉄之介が消えた後のことは分からない。多霧は砂鉄の溜まりを探すことに夢中になっていたからだ。鉄之介を探していた間にも気配は感じなかった――。

襲撃者たちは踏鞴衆を皆殺しにした。

その者たちが、鉄之介と自分が去った後、踏鞴場に戻って来たとしたら、骸が一つ足りないことに気づくだろう。

気づけば探す。

踏鞴場の周辺を探索すれば、砂鉄を探していた自分を目撃したことも考えられる。

「あたしが鉄之介の行方を知っていると思って尾行《つけ》て来たか――」

「なに、ぼんやりしてるんだい、多霧姉さま」

侘桔と夷月が駆けてきて、多霧の前にしゃがみ込んだ。

「うん……。もしかしたら踏鞴場を見張っている奴ら、あたしが連れて来ちまったんじゃないかと思ってさ」

「うん。きっとそうだよ」

夷月がさらりと言った。

多霧はどきっとして夷月を見る。

夷月はもっと幼い頃から不思議な力を発揮する娘であった。いつもその力が使えるわけではなく、本人が思うように操れるわけではなかったが、常人には見えないものを見たり、未来を予知したりすることもできた。

橘衆は陸奥国の山中に同族の村があった。橘村という。遥かな昔に歩き筋踏鞴衆の橘衆から分かれて土着した人々の集落である。橘衆は諸国の旅の途中、数年に一度、その村に立ち寄った。また、橘衆の女が出産する時に世話になることもあった。

その村には、易詫《いたく》と呼ばれる呪術師がいた。物事の吉凶を占い、踏鞴仕事、鍛冶仕事の成功や商売繁盛の祈りを捧げる。時に死者との交信をし、頼まれて人を呪い殺すこともあった。

夷月の潜在能力は、易詫の婆が、赤ん坊の夷月を跡継ぎに欲しがるほどだった。

「なにか見えたのか？」

「見るまでもないよ」夷月はけたけたと笑った。

「秀綱兄さんから子細を教えてもらって、筋道をたてて考えてみたんだよ。山野の山で踏鞴衆を襲った連中は、誰かの命令で無明衆を探していた。皆殺しにして生き返った者が無明衆。そういう乱暴な確かめ方をしてた。だけど、命令した側は無明衆がいるって信じているけど、命令される側は信じていなかった。だから、全員の息の根を止めたところで、蘇《よみがえ》るのを待ちもせずにその場を去った」

「そこに多霧姉さまが飛び込んだんだね」

侘桔が言った。

「なるほど。筋が通るね――」多霧は肯いた。

「踏鞴場の近くにいたから、連中はあたしがなにか知っていると考えた――。だけど、なんであたしを取っ捕まえなかったんだろう？」

「きっと多霧姉さまが怖かったんだ」

侘桔が笑う。

多霧は頰を膨らませて叩く真似をする。

侘桔は喜んできゃーきゃーと声を上げた。

「侘桔姉さま。子供じゃないんだから」

夷月は眉を八の字にした。

「二人とも子供だよ」多霧は苦笑する。

「それで、夷月。連中はなぜあたしを取っ捕まえなかったと思う？」

「多霧姉さまを捕らえたとする。姉さまの帰りが遅ければ橘衆が探しに来る。その連中も捕らえる――。そういうまだるっこしいことをするより、踏鞴場を襲って一網打尽にした方がいいと考えたんじゃないかな」

「じゃあ、なんで襲って来ないんだい？」

　侘桔が夷月を見る。

「それはあたしでも分かる」多霧が言った。

「ここが黒川領だからだね。黒川領で三鷹家中の者が暴れたことが分かれば、大変なことになる」

「うん……」

　と言った夷月の表情が曇った。

「なにか気にかかることがあるのかい？」

　多霧は訊いた。

「うん……。なんだか分からないんだけど、胸騒ぎがするんだよ」

「なんだか分からないって――。役に立たないねぇ」

　侘桔は不満そうに口を尖らせた。

「仕方がないだろ。あたしは易詫じゃないんだから」

「修業して早く易詫になれ」

「簡単に言うな」

二人の妹は睨み合う。

「夷月。あんた太占《ふとまに》はできたよね」

「真似事はね」

太占とは、鹿の肩胛骨《けんこうこつ》を焼き、その表面にできたひび割れで吉凶を占うものである。

橘衆のそれは、焼け火箸《ひばし》で骨を数カ所刺してその割れ方で占う方法であった。

「一昨日《おととい》食った鹿の肩の骨があったから、それで占ってみないか」

「いいけど――」

夷月は不安そうな顔になる。

「親父どのと兄さまたちを呼んでくるから、会所で火を熾《おこ》して待ってな。侘桔はゴミ捨て場から鹿の骨を拾って来ておくれ」

多霧は、売り物の農具や鍋釜を置いてある小屋の方へ走った。小屋の前では、父や兄たちと十人の若い衆が荷車に品物を積み込んでいた。

「出立はちょっと待っておくれよ！　今、夷月が占うから！」

＊　　＊

会所の囲炉裏に火が燃えている。

柄が捻れた木のような形をした火箸が一本、炎の中に差し込まれている。橘衆はそれを〈卜針《ぼくしん》〉と呼んでいた。

卜針の尖端《せんたん》は橙色の光を放っている。

囲炉裏の正面に、鹿の肩胛骨を膝元に置いた夷月が座っている。それを、多霧、秀郷、秀綱、秀道、そして侘桔が囲んでいた。

「ユクピト　ユクピト　イ　サスイシリ　オルン　ヌカレ　コンルスイ――」

夷月は聞き覚えた橘衆の太占の呪文を唱えながら、鹿革の手袋をした右手で卜針を取った。

「ユクピト　ユクピト　イ　サスイシリ――」

呪文を繰り返しながら、夷月は卜針の尖端を骨に押しつける。

煙と骨の焼ける嫌なにおいが立ち上る。

一つ、二つと、夷月は骨に穴を開けていく。

ピシッと音を立てて、穴の周りにヒビが入る。

「ユクピト　ユクピト　イ――」

七つ目の穴を開けた瞬間だった。

パンッ

大きな音を立てて、骨が弾け飛んだ。

大きな破片が夷月の顔を掠《かす》め、頰が薄く切れた。

「夷月！」

多霧は夷月に駆け寄る。

「大凶だ……」

夷月は呟き、頰を流れる血を手の甲で拭う。太い血の帯が頰に引かれた。

侘桔が手拭いを出して夷月の頰に押し当てる。

「せっかくのかわいい顔に」

侘桔の言葉に夷月は苦笑する。

「心配するのはそっちではなかろう――。頰の傷は箔《はく》になるさ」

多霧は腰の革袋から膏薬の貝殻と小さく切った紙を出す。夷月の頰に薬を塗って紙片を貼りつけ傷を保護した。

「子細は分かるか？」

秀郷が訊く。

「なにかとてつもなく悪いことが起こるのは分かるけど……」

夷月は首を振りながら唇を噛む。

「これから起こるとてつもなく悪いことってのは、山野の連中の襲撃以外にはねぇだろう」

秀綱が言った。

「商売どころではないな……」

秀郷は腕組みをする。

「品物を捨てて逃げ出すか？」秀道が訊く。

「銭函《ぜにばこ》はほとんど空だぞ」

「品物は捨てん。黒川の古道具屋に見倒《みたお》してもらう」

見倒すとは、さまざまな古道具をひっくるめて安く買ってもらうことを言う。古道具屋は、引っ越しなどで家財道具を売り払う時など、一つ一つの古道具の価格を決めずに、一山いくらという計算で買い取った。後に見倒屋《みたおしや》という商売が現れる。

「新品なのにもったいないないね」

侘桔が言う。

「まずは生き延びることが一番」秀郷は言う。

「銭はなくとも、草を喰い、獣を狩れば生きていける」

「女子供の宿の支払いは？」

秀道が訊く。

「古道具屋からの銭で間に合わなければ踏み倒す」

秀郷は笑った。

「逃げればとてつもなく悪いことっていうのを避けられるのかい？」

多霧は夷月に訊いた。

「橘村の婆が言うには、決まっている当来《とうらい》（未来）などないそうだ。占いに出るのは一番太い道。枝道は沢山あって、そちらに進めば太い道の向こうに待ち受けている災いは避けられると聞いた」

「そうか」

多霧は少しだけ安心した。

「では、荷車はおれが率いて黒川城下へ向かう」秀綱は言った。

「黒川の女子供らにも危険が迫った時のことを考えなけりゃあならない。親父どのと秀道は、踏鞴場の始末を指揮してくれ」

「品物の始末がついたらお前は女子供を連れて北に向かい、出羽国《でわのくに》へ入れ」

秀郷が言った。

出羽国、陸奥国は、蝦夷系の踏鞴衆の勢力圏であった。蝦夷系の踏鞴衆は、土着の一派であれ、歩き筋の者たちであれ、結束が強い。出羽国に逃げ込めば、助けてくれる者たちが大勢いた。

「踏鞴場の始末が終わったら、我らも出羽国へ向かう」

「分かった」

秀綱は肯き、一同は囲炉裏の始末をする夷月を残して会所を出た。

燃える木に灰をかける夷月の表情は冴《さ》えない。これからの手筈が決まっても、胸騒ぎは消えないのである。

「こんなことなら、橘村の婆のところで修業しておくんだった……」

夷月は呟く。

修業は何年もかかるから、父母や兄姉、仲間たちと離れて暮らすことになる。それが嫌で橘村の婆の誘いを断ったのだったが——。

ちゃんとした易詫《いたく》の力を持っていれば、橘衆の役に立つ。自分の気持ちよりも、一族の利益を選ぶべきだったかもしれない。

「だけど……」

当時、まだ十歳にもなっていなかった夷月にとっては無理な選択であった。

七

秀綱は、若い衆六人が曳《ひ》く三台の荷車を率いて急ぎ城下へ向かった。若い衆の一人は草摺《くさずり》の勘介《かんすけ》であった。

数軒の古道具屋を廻ったが、交渉は難航した。

歩き筋踏鞴衆が大量の鉄器を持ち込む——。急いでこの土地を去らなければならない事情があるのだと察した古道具屋たちは、いずれも足下を見て、信じられないような安値を提示した。

日が沈み、町の商家が店仕舞いを始める頃、秀綱は、中でも一番の高値をつけた古道具屋に荷車もつけて鉄器を売り払った。

しかし、女子供の宿代にはずいぶん足りない。

秀綱は、これからの手筈を伝えるために母の浮奈が宿泊する木賃宿に向かった。六人の若い衆は、女子供が分宿しているもう一軒へ走った。

城下の北のはずれ、屋根の茅に苔《こけ》が生えた古く大きな建物の前。十数人の人影が七輪のそばにしゃがみ込み、米を炊いたり干し魚を焼いたりしていた。破れた障子が開け放たれ、広間にも瓦灯《がとう》に照らされた十数人の人が見えた。瓦灯とは、陶器で作った安価な照明器具である。

宵闇の中でも、偉丈夫の秀綱の姿は見分けられたのであろう。七輪の前から一つの人影が立ち上がった。

「秀綱。なにかあったのかい？」

浮奈の声である。

秀綱は小走りで浮奈に歩み寄った。

「今夜、逃げる」

秀綱は小声で言った。

ちらりと広間に目を向ける。

三人の子供たちが雑魚寝《ざこね》の藁《わら》布団を敷いた広間で追いかけっこをしている。橘衆の子供であった。

「攻めて来そうなのかい？」

浮奈は眉をひそめた。

「夷月が太占をして大凶が出た。用心のために出羽国へ向かう」

「分かった。お前とはどこで落ち合う？」

「少し北へ行った所に稲荷がある。そこで待っている」

「それじゃあほかの客と宿の亭主が寝入ったら、出ることにするよ――。宿代は用意できなかったんだね？」

「品物を古道具屋に売っ払ったが、これだけにしかならなかった」

秀綱は懐から銭袋を出す。

浮奈はその袋を取り、中身を確かめて半分ほどの銭を摑み出した。

「まぁ、全部踏み倒すよりはましだね」

浮奈は掌に銭を載せて人差し指で選り分ける。

「なんでぇ。払って行くつもりかい」

秀綱は驚いた顔をする。

「当たり前だろ、世話になったんだから。残りは後から届けると置き手紙をしておくよ」

「人が良すぎるぜ」

「馬鹿。こっちはこれから人の道に外れることをしようとしているんだ。人が良すぎるっていうのは、真っ当なことをしている奴に言う言葉だよ」

浮奈は背伸びをして秀綱の額をペシリと叩いた。

「仰せの通りで」秀綱は額を撫でながら肩をすくめた。

「それじゃあ、稲荷で待ってるからな」

秀綱は踵《きびす》を返して駆け去った。

宿の北側の小さな稲荷社に着くと、すでに藪《やぶ》の中に六人の若い衆が待っていた。

「宿代を踏み倒すのは気が引けるとごねられました」

草摺の勘介が言う。

秀綱は銭袋を勘介に渡した。

「母さまにも似たようなことを言われて、銭を半分取られた。これを持っていって、宿を抜ける前に文と共に置いてこいと伝えろ。文には残りは必ず届けると書けとな」

「浮奈さまらしい判断でございますな」

勘介は言って鋭い目に笑みを浮かべ、秀綱から銭袋を受け取り、宿へ走った。

＊　＊

雲母《きら》の早苗《さなえ》は、二軒の木賃宿と北側の稲荷社が見下ろせる丘の上に潜んでいた。共に身を伏せているのは御山組三番隊の六人。中に、鋭い刃物を連想させる顔つきの風《かぜ》倉《くら》の英蔵《ひでぞう》もいた。

秀綱らの動きから、宿に分宿している女子供は今夜脱出すると判断した。

宿に、山野の踏鞴場で生き延びた若者がいないことは確認している。別の場所に匿われているのか、それともまったく別行動をとっているのかのいずれかだと思われた。

『これ以上、橘衆に貼りついていても無益。一気にかたをつける』

と、三番隊隊長の安角《あずみ》の安兵衛《やすべえ》から命じられた。

万が一、無明衆の若者を匿っていた場合に備え、その場所を聞き出すために村下とその一族の二、三人を捕らえる。口を割らせるための人質として、女子供も二、三人捕らえる。

早苗らが命じられたのは後者であった。

人質以外は口を封じよ――。

他領で事を起こせばまずいのではないかと早苗が問うと、安兵衛は、

『黒川には江戸表から諸国を荒らし回っている盗賊団が山野と黒川辺りの山に入ったから用心するようにと知らせが入っている。これより、黒川でどんな惨劇がおきようと、その盗賊団の仕業だ』

と答えたのだった。

早苗には迷いがあった。

御山組はれっきとした三鷹の役職ではあったが、家臣たちはその正体が忍《しのび》であることを知っている。

物陰に潜み、時に自分たちの暮らしも盗み見て、上役に報告する薄汚い仕事をする者たちと、御山組を蔑《さげす》む者がほとんどであった。

早苗もそういう目に晒されながら育った。

友は同じ御山組の者の子女しかおらず、御山組の者よりも身分の低い足軽の子らからも避けられた。

民百姓から疎まれる歩き筋の者たちと同じ――。そういう思いが早苗の中に生まれていた。

安兵衛は、そんな歩き筋踏鞴衆の女子供を殺せと言う。

早苗は奥歯を噛みしめる。

非情にならなければ生き延びられぬ。

他国で敵の忍に情けをかけたために失態を犯した者を知っている。命を落とした者もいたし、失態を償うために自ら命を絶った者や、罰せられて組頭に斬られた者も
――。

迷いや情けは無用だ。たとえ相手が童であろうと、命じられたからには殺す。世の中に自分の命以上に大切なものなどあろうか。誰かのために命を落としたとしてなんになろう。救った誰かに感謝されようとも、その時自分はこの世にいないのだ。

「早苗」背後で風倉の英蔵の声が言った。

「怯《おび》えているのか？」

「怯えてなどおらぬ」

早苗はことさらに落ち着いた声を作る。

「口でなんと言おうが、体は正直だ。汗がにおうぞ」

「ふん。し損じぬよう気持ちを高めているのだ」

「気持ちが高ぶれば太刀筋が乱れる。一撃必殺。時をかけずに仕事を終えるぞ」

「言われずとも分かっている」

早苗はぶっきらぼうに答えた。

＊　＊

柵に囲まれた橘衆の踏鞴場にはあちこちに焚き火が燃え、炎が小屋を解体する男たちの姿を照らしていた。藁や茅の束を運ぶ多霧、侘桔、夷月の小さい姿もあった。建物はほとんどが骨組みだけになっていたが、会所だけはまだ手つかずであった。

踏鞴場周辺にはその様子を窺う、安角の安兵衛率いる六人が潜んでいた。任務は村下の秀郷と三人の娘を捕らえること。

踏鞴場には二十人を超える男たちがいる。三分の一は老人だったが、残りは屈強な若者と中年、壮年の男たちである。

六人では心許《こころもと》ないと思わないでもなかったが、相手はいくら武術の鍛錬をしているとはいえ、たかが踏鞴衆である。三番隊の隊長であるという矜持《きょうじ》もあったが——。

「安兵衛——」

と闇の中から声がした。御山組の組頭、伊折の義兵衛の声であった。

「頭《かしら》——」

安兵衛は振り返る。

背後の森の中に、いつの間にか十四人の人影が潜んでいた。

先頭の一人は義兵衛。その後ろに控えているのは一番隊の隊長牟礼《むれ》の辰吉《たつきち》と十二人の配下たちのようであった。安兵衛に気づかれずに近づけるのは手練れ揃いの一番隊だけである。

「失態は繰り返されぬでな。お前には悪いが一番隊を連れてきた」

無明衆の若者を取り逃がすという失態を犯した義兵衛は用心深くなっていたのであ

った。

安兵衛は舌打ちしたいのを堪《こら》え、「ありがとうございます」と答えた。

「柵を壊される前にやるぞ」

義兵衛は後ろの一番隊に手を上げた。

牟礼の辰吉は肯いて、一番隊十二人と共に音もなく散開した。

安兵衛も三番隊の六人に手で合図した。

御山組の者たち二十人は、遠巻きに柵を取り囲んだ。

誰も、柵の中に老人たちの姿がなくなったことに気づいていなかった——。

*　*

小屋の丸木柱を引き抜きながら、秀道は近くで茅を束ねている秀郷に言った。

「囲まれた」

「ふん——」秀郷は立ち上がって腰を叩く。

「やはり、柵がかえってあだとなったな」

秀郷は茅束を担ぎ、多霧に歩み寄ってそれを渡す。

「侘桔と夷月を連れて会所へ行け」

と小声で言った。

多霧は肯いて茅束を抱え、会所近くの茅と藁の置き場から空手で戻ってくる侘桔と夷月に目配せした。

侘桔と夷月は返事もせず、弾むような足取りで会所へ走る。

多霧は置き場に茅束を放り投げると、会所へ走った。

会所の中には八人の老人と、侘桔、夷月がいた。老人たちは杖をつき、その半数は右目に眼帯をかけていた。踏鞴を踏みすぎて膝を壊した者と、ホド穴を覗き続け目を傷めた者たちである。

会所の中には鞴やその口金などの踏鞴道具、鎚《つち》や金床《かなとこ》などの鍛冶道具が運び込まれている。老人たちは一人、二人と道具を会所に運びながら留まり、待機していたのであった。

「多霧。我らは残るぞ」

老人の一人が言うと、全員が肯いた。

「なに言ってるんだい。みんなが逃げるんだ。早いか遅いかの違いだよ」

「足手まといが最後まで残っていたら迷惑なんだよ」

侘桔が言って、会所の隅の板を持ち上げた。

板の下から竪穴《たてあな》が現れた。

踏鞴場の守りに柵が立てられることが決まった時、秀郷が『柵はかえってあだとなる』と、さらなる用心に抜け穴を掘ることを提案したのであった。

柵は、攻め寄せる大軍の突進を止めるのには有効だが、囲まれれば逃げ場がない。抜け穴は一町（約一一〇メートル）ほど先の崖下に続いている。

「飯を食い糞《ひ》を放るだけしかなくなった爺ぃたちだ。我らが最後まで残って敵の足止めをする」

夷月に背中を押される老人が抗《あらが》う。

「体は駄目になっても、今まで積み上げた知恵があるだろ。若い連中はそれを頼りにしてるんだよ」

侘桔は老人を穴の中に突き落とした。

「わっ！」

老人は穴の中に消え、バサッと音がした。

穴の中に積んだ藁の上に落ちたのである。

年寄連中は先に逃げることを拒むはずだということで、置いた仕掛けである。

「ほれ。早くどかないと次が落ちてくるぞ」

侘桔は穴の中に言う。

「年寄には優しくと浮奈さまに教わらなんだか！」

穴の下の老人は、あたふたと四つん這いで横穴に進んで行く。

多霧と侘枯、夷月は嫌がる老人たちを次々に穴に落とした。

竪穴から八人目の老人が見えなくなると、侘枯、夷月が飛び下りる。

「先に行っていろ。親父どのと秀道兄さまに、爺ぃどもは無事に逃げたと知らせて来る」

多霧は言うと、会所を出た。

男たちは、数人がかりで柱を抜きにかかっていた。

多霧は一人で柱を抜く秀道に駆け寄る。

「会所の方は大丈夫だ。次はなにをする？」

「では、年寄らを守って出羽へ向かえ」

「爺ぃたちには侘枯と夷月がついている。あたしはここで戦う」

「馬鹿」

秀道は柱を抜き、それを地面に転がした。そして汗だくの顔を多霧に突き出す。

「お前が敵相手に手こずっていれば、助けなければなかろう」

「助けなくともいい。親父どのや秀道兄さまの力になりたい」

「だから力にはならんと言うているのだ。人それぞれできる仕事とできぬ仕事がある」

「あたしは戦える」

「お前、人を殺したことはなかろう」

秀道の目が冷たく光った。

「ない……。秀道兄さまはあるというのか？」

「ある」

秀道の顔から表情が消えた。

多霧はぞっとした。今、目の前に立っているのは確かに秀道だが、まるで見知らぬ他人であるような感覚に襲われた。

秀道兄さまが、人を殺したことがあると――？

「多霧。初めて人を殺める時には、それまで生きてきたうちで一番の胆力を必要とする。一撃で倒すことなどできぬし、とどめを刺すのも躊躇《ためら》う。だから、人を殺したことのない者は足手まといになる」

「ここにいる男たちは皆、人を殺したことがあるのか？」

多霧の唇が震えた。

秀道はにっと笑う。

「ほれ。そういう話を聞いただけで震えているではないか。歩き筋の暮らしというのは、お前が知っているものよりもずっとずっと厳しいのだ」

「だけど……」

「だけどもへったくれもない」秀道は多霧を睨みつける。

「お前は必要のない所で考え無しに命をかけようとする。命にはかけどきというものがある。自分の命よりも大きな者を守る時こそ、命のかけどきだ」

「それなら今じゃないか」

多霧は食い下がる。

「分からぬ奴だな」秀道は舌打ちする。

「ここにいればお前は必ず死ぬ。そうと分かってここに置き、お前を助けるためにおれが死ねば、お前も死ぬ。二人とも無駄死にだと思わぬか？」

「うむ……」

「だが、お前が素直に逃げれば、おれは存分に戦える。そして、時を稼いだ後に逃げることができる。どちらがいい？」

秀道がそう言った時、秀郷の大きな声が聞こえた。

「なにをごちゃごちゃやっておる！」

秀郷は鍛の鐵と鎬の瓢太、二人の若者と一緒になって柱を抜きながら、多霧と秀道を睨みつける。

「すまん、親父どの！　多霧が自分も柱抜きをすると言ってきかぬ！」

秀道も大声で返す。

「馬鹿者が！　お前の細腕で柱抜きなどは無理だ！　さっさと荷造りをしろ！　鐵、瓢太！　多霧を引きずって行け」

「はい」

鐵と瓢太は抜いた柱を地面に置くと、多霧の元に走る。

「我らが一緒に行くから駄々をこねるな」

多霧の右腕を取りながら鐵が言う。

「後から命のやり取りの仕方を教えてやる。戦うのはそれからだ」

瓢太は多霧の左腕を取る。

「分かったから離せ！」

みんな柵の外を囲んでいる敵の目を誤魔化すための芝居をしている——。多霧もそれに乗って、駄々をこねる振りをした。

「馬鹿兄貴！　後から目にもの見せてくれる！」

多霧は秀道を振り返り、舌を出した。

「おお。やれるものならやってみろ！　楽しみにしておるぞ！」

秀道は鼻の脇に両手を開き、指を蠢《うごめ》かせてからかった。

多霧は鐵と瓢太に連れられて会所の中に入った。

八

黒装束をまとった雲母の早苗は攻撃の指示を出す機会を探っていた。

秀綱が浮奈の宿を訪れ、六人の若者がもう一軒の宿を訪ねて、一刻《いっとき》（約二時間）ほどが経っている。しかし、二軒の宿の障子には明かりが灯っている。

橘衆の女子供が脱出するのは、ほかの客や宿の主が寝静まってからであろう。

早く寝てしまえ——。

早苗は心の中で毒づいた。

闇の中に気配が現れ、早苗は素早く横様に転がって間合いを取り、腰の後ろから短い打刀《うちがたな》を逆手に抜いた。

「おれだ。早苗」

先ほどまで早苗がいた場所の横に腹這いになっているのは、二番隊の隊長、薦川《こもかわ》の甚右衛門《じんえもん》であった。年の割に皺深い顔の半分が黒覆面で隠されている。

「なにをしにいらしたのでございますか？」

早苗は刀を構えたまま鋭く訊いた。

「頭《かしら》が加勢せよと仰せられるのでな」

甚右衛門は親指で後ろを指差す。そこには不満そうな顔をした三番隊の六人と、無表情に蹲踞《そんきょ》する十二人の二番隊の姿があった。

「ということで、指揮はおれがとる」甚右衛門が言う。

「お前は宿に忍び込んで、橘衆の村下の女房を引っ攫《さら》って来い」

「いいえ。宿の者たちが寝静まった後、女子供が宿を脱出するのを待って――」

早苗は異を唱えたが、甚右衛門は小馬鹿にしたように舌打ちする。

「向こうもそれは承知だろう。明かりが灯っているうちはこちらは攻撃をしかけぬとな。だから明かりを灯し続けているということも考えられる。つまり、明かりが灯っている間は、向こうも油断している」

甚右衛門は顎で早く行けと促す。

早苗と六人の三番隊は、歯がみをして丘を駆け下りた。

瓦灯の明かりが眩《まぶ》しくて眠れぬなどと文句を言っていた他の客たちは雑魚寝の広間で鼾《いびき》をかき始めた。

＊　＊

浮奈と九人の女、四人の子供たちは手甲脚半を身につけて、いつでも宿を出られる用意をした。いずれも腰に、背丈に合わせた短い山刀を差している。

浮奈たちは広い土間に降りて草鞋《わらじ》を履く。

頭上に強い殺気――。

浮奈と九人の女たちは、子供を抱え、さっと四方に散った。

天井の太い梁から六つの黒い影が音もなく飛び下りる。

膝を曲げて着地の衝撃を緩和させた早苗は、素早く恰幅のいい女の姿をみとめ、そちらの方へ跳んだ。

浮奈は山刀を抜き、自分に突進してくる早苗の首元を横薙ぎにする。

早苗はさっと身を沈め浮奈の一撃を避け、打刀を腰溜めにして突進する。

浮奈は巨軀に似合わず敏捷《びんしょう》な動きで飛び上がり、早苗の背中を蹴ってその後ろに着地した。間を空けず、早苗の背中に一太刀浴びせる。

早苗は土間を転がって浮奈の刃から逃れた。

二人は中腰になって相手の隙《すき》を窺い、じりじりと間合いを詰める。

九人の女と四人の子供は六人の三番隊の男を相手に、入れ替わり立ち替わり攻撃を仕掛けていた。

子供たちは勇ましく刀を振る。隙を見て捕らえようと伸ばされた敵の手からすばしこく逃げる。

梁の上から、もう一人、黒装束が雑魚寝の広間に飛び下りた。

「手助けしてやろうか、早苗」

鷹川の甚右衛門であった。

「いらぬ！　もう一軒に回れ！」

その声で、数人の客が寝ぼけ眼を開けて、顔を上げた。

「あっちは手下が向こうておる」甚右衛門は浮奈に顔を向ける。

「稲荷に潜んでいるお前の息子らは、あっちの騒ぎに駆けつけていようから、こっちには助けは来ぬぞ」

甚右衛門は客たちの方へ瓦灯を蹴った。

瓦灯の魚油が客たちの顔や布団に飛び散った。

灯心の火がそれに燃え移った。

「ぎゃっ！」

客たちは一瞬で炎に包まれ、飛び起きた。

火に包まれた客たちは座敷を走り回り、障子に、襖に火を移し倒れ込む。

そちらに気を取られた女が三人、斬り倒された。

「おっ母《かあ》！」

母を斬られた二人の子供が倒れた女に駆け寄る。甚右衛門は土間に飛び下り、無造作に子供二人の首を斬り飛ばした。

「おのれ！」

友だちを斬られた二人の子供は怒りの形相で刀を構え、甚右衛門に突っ込む。しかし、あっけなく袈裟懸けに斬り殺された。

「なんてことを！」

浮奈は鍔迫《つばぜ》り合いをしていた早苗を力任せに押し飛ばし、甚右衛門に駆け寄って鋭い一撃を浴びせる。

甚右衛門は打刀で受ける。

重い一撃で甚右衛門の刀は刃こぼれした。

「頑丈な刀を使うておるな」

「当たり前だ。橘衆の山刀はお前たちが使《つこ》うているナマクラとは違う」

浮奈は縦横に刀を振るう。

焼死した客たちから燃え移った火が、柱を伝って剝き出しの屋根の茅を舐《な》め始める。

六人になった女たちは一対一で黒装束と戦う。女の一人が広間に駆け上がり、枕を黒装束に投げつける。

それを避《よ》けて体勢を崩した黒装束の脇腹を、間近にいた女が山刀で突き刺す。

もう一度枕を投げようとした女の喉に、棒手裏剣が突き立つ。女は膝から崩れた。

「ほれ、早苗。早く捕らえよ」

甚右衛門は、浮奈の攻撃を避けながら、からかうように右に左に跳び回り、言った。

早苗は懐から分銅のついた紐を出し、回転させながら浮奈の脚を狙う。

甚右衛門が浮奈に斬りかかる。

浮奈は一歩後ずさる。

早苗は紐を放つ。

浮奈は土を蹴って跳ぶ。

分銅つきの紐が浮奈の足首に絡みつく。

浮奈が着地すると同時に、早苗は紐をぐいっと引いた。
浮奈は逆の方向へ脚を跳ね上げる。
早苗は引っ張られて前のめりに倒れた。
「なにをやっている！」
甚右衛門はちらりと早苗を見て毒づく。
浮奈は一瞬で間合いを詰め、逆手に持った山刀を横薙ぎにした。
甚右衛門の首から鮮血が迸《ほとばし》る。
浮奈は返り血を浴びながら、憤怒の表情で甚右衛門の腹を蹴った。
甚右衛門は後ろざまに吹っ飛び、壁にぶち当たって土間に崩れ落ちる。
捕らえようと手加減すればこちらがやられる――。
早苗は焦った。
手下が女二人を斬り殺す。
五人の黒装束が残った三人の女を囲む。
「英蔵！　こっちを手伝え！」
早苗は叫んだ。
五人の黒装束の中から一人が飛び出し、早苗の横に立つ。

「助けを求めるなど、珍しいではないか」

風倉の英蔵は覆面の中でにやりと笑った。

「こやつ、相当の手練れだ。捕らえようと思うな」

早苗は浮奈を睨みながら言った。

「人質をとるのではなかったのか？」

「そっちの三人の誰かを生かして捕らえよ！」

早苗は三人の女を囲む四人の黒装束に言った。

「応《おう》っ！」

四人が答える。

屋根材を結びつけた縄が燃え、茅の束が炎を上げて落下する。屋根裏に充満した煙がしだいに下りてくる。

燃え上がる橙色の炎。

早苗と英蔵は刃を構え、じりっと間合いを詰める。

浮奈は険しい顔で二人を見つめながら、後ずさった。

＊　＊

「おかしい……」

御山組の組頭、伊折《いおり》の義兵衛《ぎへえ》は眉をひそめた。踏鞴場で働く者たちの数が少なくなっている。

三人の小娘はさっき会所に入ったまま出て来ない。年寄たちもいつの間にかいなくなっている。さきほどまでは二十人を超える人数であったのに、今はその半分ほどであった。

柵の周囲は囲んでいるから逃げ出すことはできない。

とすれば、減った分の人数は会所の中か――。

義兵衛の視線を追って踏鞴場の人数を数えた一番隊の隊長、牟礼《むれ》の辰吉《たつきち》も眉間に皺を寄せた。

「会所の中で何か企んでいるのでございましょう」

「会所に火を放っては？」

三番隊の隊長、安角《あずみ》の安兵衛《やすべえ》が進言する。

「よし。始めるか」

義兵衛が梟《ふくろう》の鳴き声を真似て声を上げる。

それが合図だった。

義兵衛らの背後で一番隊の一人が松明《たいまつ》に火をつけて地面に突き刺し、数人が矢の先にその火を移す。御山組の者たちが踏鞴場の柵の周囲で同様の行動をとる。

踏鞴場の橘衆は、奇妙な梟の声に警戒した様子で、動きを止めて耳を澄ませている。

義兵衛は鋭く指笛を吹いた。

橘衆が慌てて会所のそばに積み上げた藁や茅の山に走る。そこは一方が空いた円形に藁束、茅束が積み上げられていて、二、三十人が身を隠せる空間があった。

柵の周囲から火矢が一斉に空へ飛んだ。

炎の尾を曳きながら、火矢は放物線を描いて会所の屋根に落下する。

一瞬の間を空けて、藁、茅の山の中から十数本の火矢が飛び、柵の外側に突き立った。

二射目、三射目の火矢が茅の中から飛ぶ。柵の外側は四十本近い火矢で照らされた。

柵の外からも二射目、三射目の火矢が飛び、会所の屋根に炎が広がった。

茅の山にも火矢が刺さり、燻《くすぶ》り始める。

「馬鹿め」茅の山に囲まれた場所に身を潜めた秀郷はほくそ笑む。

「こちらの思う壺《つぼ》だ、会所の火が消えるまで、抜け穴には入れぬ」

秀郷は、十数名の踏鞴衆に手で合図をした。男たちは一斉に茅束、藁束の山に手を突っ込む。

「茅捨て場を狙え！」

義兵衛は叫んだ。

火矢が茅の山に飛ぶ。

茅の山からは矢が放たれる。

火矢が飛んできた方向を正確に見極めて放たれた矢は、五人の御山組に突き立った。

「動け！　動きながら矢を放て！」

間近で仲間の死を目撃した御山組の者たちは慌てて場所を移動しながら茅の山に向けて矢を射た。

茅の山が大きな炎となった。

「さぁ、たまりかねて飛び出して来るぞ」

義兵衛はにやりと笑った。

炎の中から黒い影が飛び出す。

狙い澄ました矢がそれに向かって飛ぶ。

鋭い金属音が連続して、その影に当たった矢はすべて弾かれた。

黒い影から手が伸びて、落ちた御山組の矢を拾う。

次から次と黒い影が駆け出す。それは長い四角形をしていた。

木の板に真っ黒な鉄板を貼った盾《たて》である。

一人が二枚の盾を持ち、背中に弓矢を背負っている。

盾を持った橘衆の男たちは丸太を置いた場所まで移動し、その周りを丸く囲んだ。

一枚の盾を円の中央に置き、七人ほどが隣り合う仲間にもう一枚の盾を預ける。円形の防壁は、一人で二枚の盾を支える形で保持された。

自分の盾を仲間に預けた者たちは手際よく細い丸太で盾の支えを作る。さらに頭上にも木組みを作り、中央に置いた盾を取ってその上に乗せた。上部をすべて覆うことはかなわなかったが、壁となる盾の上に屋根が出来た。

瞬く間に、小さな鉄の要塞が完成した。

「くそ！　矢を放て！」

義兵衛は叫ぶ。

柵の周囲から連続して矢が放たれる。

真っ直ぐ飛んだ矢は盾の壁で弾かれた。盾の近くに落ちた矢は、盾の下から小さな熊手が伸びて回収された。

盾の屋根のない中央部に落ちた矢も、攻撃の隙を見て秀郷が集めた。

橘衆の男たちは、盾の上部に空いた矢狭間《やざま》から柵の外の様子を窺う。森の中に敵の姿をみとめると、すぐに矢を射る。

木々に邪魔されて致命傷を与えるには至らなかったが、数人に傷を与えた。

焦った御山組の者たちは、矢を連射した。

盾の砦《とりで》の中央に次々に突き立つ矢を眺めながら、秀郷はにやにやと笑う。

「射よ射よ。もっと射よ。そのうち矢が尽きる」

その時は間もなく訪れた。

ぴたりと矢の攻撃が止まったのである。

「さて来るぞ」

秀郷は矢狭間から南側の出入り口を覗いた。

三人の黒装束が森の中に固まっているのが見えた。

秀郷は矢狭間を覗きながら、盾の内側を一回りした。

東側、西側に人影はなく、北側の出入り口の向こうに三人。

「西か東に本体がいるぞ」

秀郷が言うと、東側から外を覗いていた秀道が、

「東だな。こっちに十二人隠れている」

と言った。

「ほう。お前には見えたか」秀郷は言ってごしごしと眼をこする。

「年はとりたくないのう。夜目も利かなくなってきたわい」

「城に援軍を頼めばいいものを。白兵戦に持ち込むとはな」

秀道が言った時、南北の出入り口に向かって、短い弓で矢を連射しながら三人ずつの敵が駆け寄せる。

矢狭間から矢が飛ぶ。

南北の六人は矢を捨てて刀を抜き、飛来する矢を断ち切りながら走る。

同時に、東側の柵に、分銅のついた紐が十本絡みついた。

十人の御山組が一気に紐を引く。

東側の柵が音を立てて外側に倒れた。

東側の森に雄叫びが上がる。

南北の黒装束が何本もの矢に射られ、一人、二人と倒れて行く。

北側の一人が体に矢を突き立てたまま盾の壁まで駆け寄せて、地を蹴った。

秀道が動く。

空から舞い降りる敵に向かって、山刀を斬り上げた。

敵は血飛沫を撒き散らし、着地と同時に地面に頽《くずお》れた。

東側の森から十二人の黒装束が刀を構えて駆け出した。

東側の盾が持ち上げられた。

五人の橘衆が飛び出して、盾を横ざまに放り投げる。

盾は回転しながら黒装束に向かって飛んだ。

盾は先頭の三人の顔を打ち砕いた。ほかの者たちは地に伏したり横飛びに転がったりして盾を避けた。

盾の砦の中から橘衆が飛び出す。

敵は九人。橘衆の方がわずかに多い。

会所は柱が次々に燃え落ちて、崩れ始めていた。これで抜け穴の出入り口は塞《ふさ》がれる。

黒装束と橘衆は刃を交える。

橘衆は押されてじりじりと南側に後退する。

「少し早いが三十六計だ！」

秀郷は叫んだ。

橘衆は鍔迫り合いの相手を渾身《こんしん》の力を込めて押した。

黒装束たちは後ろ様に倒れ、転がる。

その隙に、橘衆は柵に飛びつき、横木を足掛かりに高く飛んだ。

秀郷と秀道も柵に走る。

「あの年寄を逃がすな！」

義兵衛が叫ぶ。

秀郷はにやにや笑いながら柵に飛びつく。

突然、秀道は足を取られて前のめりに倒れた。

秀道は足を見る。

南の出入り口から突っ込んで、矢を受けて倒れた黒装束が、秀道の足首を掴んでいる。

覆面の隙間から笑う目が秀道を見ていた。

「くそっ！」

秀道は足を振って黒装束の手から逃れる。

立ち上がった所に一人の黒装束が飛び込んできた。一番隊隊長、牟礼の辰吉であった。

防御の動きが一瞬遅れた。

「秀道！」

秀郷は柵の上から叫ぶ。

辰吉の刀が深々と秀道の胸を貫き、切っ先が背中に突き出た。

秀道は辰吉の頭を両手で挟み、ぐいっと捻った。

嫌な音がして辰吉の首が後ろを向いた。

秀道と辰吉は同時に倒れ込んだ。

「秀道！」

秀郷は柵を飛び下りようとしたが、すでに秀道は事切れているのが分かり、歯がみして柵の外側に飛び下りた。

＊　＊

「あっ！」

夷月《いつき》が叫び声を上げて倒れた。

北へ向かって森の中を歩いていた多霧たちは足を止める。

「どうした。つまずいたか？」

多霧が夷月に駆け寄った。そして、地面に伏す妹の姿を見てぎょっとする。

青白い光が稲妻のように夷月の体を這っている。

「夷月！」

助け起こそうとすると、青白い光は消えた。

「夷月！」

多霧は夷月を抱き起こす。

夷月の顔は蒼白で、見開いた目に恐怖の色があった。

「秀道兄さまが……、死んだ」

夷月は震える声で言った。

「なんだって！」侘桔《たきつ》が二人の側にしゃがみ込む。

「そんな馬鹿なことがあるはずないじゃないか！　悪い冗談を言うと、ぶん殴るぞ！」

侘桔は夷月の襟を摑む。

夷月はその手を振り払うと、よろよろと立ち上がった。

「秀道兄さまは死んだ。兄さまが今、ここに来て教えてくれた。親父どのは無事だから、そのまま出羽へ向かえと……」

侘桔は「くそっ！」と叫んで、来た道を引き返そうとした。

夷月の手が伸びて侘桔の腕を摑む。

「離せ！」

侘桔は怒鳴る。

「どうするつもりだ？」

夷月は虚ろな目を侘桔に向ける。

「決まっておろう！　秀道兄さまの仇《かたき》をとるんだ！」

「仇は、兄さま自身がとった。兄さまは自分を刺した男の首を捻折《ねじお》ってから事切れた」

「しかし……」

侘桔の顔が泣き出しそうに歪む。

「しかしではない。出羽へ向かえというのは、秀道兄さまの遺言だ」

夷月は侘桔の腕をぐいと引っ張り、手を離してのろのろと歩き出す。

侘桔は啜《すす》り泣きながら夷月の後を歩く。

多霧は呆然と二人の後ろ姿を見つめ、立ち上がった。

秀道が死んだという言葉に現実味を感じなかった。しかし、頭のどこか、体のどこかでそれが事実だと悟っている。

二つの思いが渦巻き、多霧は奇妙な浮遊感を覚えた。

錣《しころ》の鐵《てつ》と鎬《しのぎ》の瓢太《ひょうた》、そして老人たちは痛ましそうな表情で多霧を見つめていた。

「行くぞ……」

多霧はそう促して夷月、侘桔の後を追った。

＊　＊

「秀綱さま！　浮奈さまの宿に火の手が！」

黒装束との混戦の中、草摺《くさずり》の勘介《かんすけ》が叫んだ。

「なにっ！」

秀綱は外に飛び出そうとする。

しかし、その眼前に黒装束が立ちふさがる。

「どけ！」

秀綱は力任せに山刀を振り回す。

その刃に当たった黒装束の打刀はぽっきりと折れた。

返す刀で秀綱は敵を斬り捨て、外に飛び出す。

浮奈の宿の屋根が炎を上げている。しかし、出入り口の腰高障子は閉じたままで、
誰も逃げ出して来ない。

もう倒されてしまったか——。

秀綱は唇を嚙んで走る。

しかしまたしても黒装束が行く手を塞いだ。

勘介が飛び出して来て黒装束と秀綱との間に割り込む。

「秀綱さま！　ここはお任せを！」

勘介は黒装束に斬りかかった。

「すまぬ！」

秀綱は全速力で、燃える宿へ走った。

＊　＊

浮奈は血飛沫に染まった顔で早苗と風倉の英蔵を睨みつけている。

煙は家の中に満ち、息苦しさに耐えられなくなった早苗がさっと出入り口の腰高障子に走った。

浮奈が素早く動き、障子にかけた早苗の右腕を斬り落とした。

肘下二寸（約六センチ）で腕を断ち斬られた早苗は絶叫して、障子に体ごとぶつかり、外に転がり出た。

早苗を攻撃したことで、浮奈の左側に隙が出来た。

英蔵の切っ先が浮奈の脾腹《ひばら》を突く。

浮奈は「うっ」と呻《うめ》いてよろける。

「浮奈さま！」

三人の女が叫び、二人が四人の黒装束に斬りかかる。

その隙に、一人が英蔵の背後から斬りかかった。

二人の女が三人の黒装束に斬り倒される。

英蔵はくるりと女の方を向き、その脳天に刀を振り下ろす。

後ろを向いた英蔵の背中を浮奈の山刀が斬り裂いた。

右腕の傷から大量の血を流す早苗がふらりと立ち上がった。

そして、英蔵を斬った浮奈に向かって凄まじい叫びを上げて突進した。

左手に持った刀を浮奈の背に突き立てた。

「母《かか》さま！」

遠くで男の絶叫が響く。

早苗は荒い息をしながら声を振り返った。

大男がこちらに走って来る。

右腕を失った今、まともに戦うことはできない。

早苗は打刀を地面に刺し、左手で懐から手拭いを出す。口と左手を使って斬り落とされた右腕の傷の上をきつく縛り上げる。そして打刀を左手で抜き、闇の中に走った。

家の中から三人の黒装束が駆け出す。

浮奈にまだ息があることに気づき、一人がとどめを刺すために打刀を振り上げる。

「おのれ！」

秀綱は母にとどめを刺そうとしている敵に山刀を投げつけた。

山刀は勢いよく黒装束の胸に突き立つ。黒装束は後ろざまに飛ばされ、仰向けに倒れた。

秀綱は斬りかかってくる二人の敵の刃をかいくぐり、倒れた黒装束の胸から山刀を引き抜いた。

ちらりと浮奈を見る。

血の気を失った唇が震えるように動く。

「役に立たず、すまなかったね……」

母はそう言うと、最期の息を吐き出した。

「母さま……」

秀綱は母を抱き締めたかったが、二人の敵が自分に迫っている。

「おのれら。後悔しても遅いからな……」

秀綱はぼそっと言うと、左右から斬りかかってくる刃を山刀で打ち折った。

驚いて後ずさる二人に無造作に山刀を打ち下ろす。

二人とも肩から胸までを深く斬り裂かれ、交差するように倒れた。

手負いの女が一人逃げたようだったが、今は追っている暇はない。

秀綱は母の骸に手を合わせると、血刀を下げて、草摺の勘介たちが戦う木賃宿へ走った。

＊　＊

夷月が絶叫した。

その声は森の中にこだました。

多霧はすぐにまた誰かが死んだのだと悟った。

駆け寄る多霧の腕の中に夷月が倒れ込む。

「今度は、誰だ……？」

多霧は訊いた。

「母さま……」

夷月は多霧の胸に顔を埋めて泣きだした。

衝撃が多霧の心の臓を鷲掴みにした。

「多霧……。多霧……」

くぐもった声がした。それは夷月の口から流れ出していたが、母の声であった。

「母さま……？」

多霧は夷月の顔を覗き込む。

「余計なことを考えてはなりませんよ。勝手なことをせず、真っ直ぐ出羽へ向かうのです……」

言い終えると、夷月の体から力が抜けた。

「母さま……」

多霧は夷月の体から抜けた母の魂の行方を探し天を仰いだ。

しかし、現世を旅立った者を見る力のない多霧には、微かな影さえも見出すことはできなかった。

「母さまがあたしたちを見捨てて旅立つんなら、あたしは勝手なことをするからね！」

多霧は天に向かって叫ぶと、夷月の体を駆け寄ってきた鎬の瓢太に預けた。

「瓢太。鐵。お前たちは爺ぃらと、侘桔、夷月を出羽まで連れていくんだ。必ずだよ！」

多霧は闇の中に走り出した。

「多霧姉さま！」

侘桔は後を追って走り出したが、鎹の鐵に抱き留められた。

「離しやがれ！」

侘桔の声が闇の向こうに小さくなる。

多霧は自身に誓う。

母さまと、秀道兄さまの仇はあたしがとる！

八つ裂きにして、その屍を踏みにじってやる！

多霧の視野は怒りのために紅く染まっていた。

第二章

一

林堂之助《はやしどうのすけ》の住まいは、外堀の内側にあった。高知衆《こうちしゅう》の広い邸宅が並ぶ界隈でも一際大きい、筆頭家老三鷹利誠《みたかとしなり》の屋敷の侍長屋である。

深更、堂之助は伊折《いおり》の義兵衛《ぎへえ》と向かい合っていた。

「何人か取り逃がしたと？」

蠟燭《ろうそく》に照らされた堂之助の眉間に深い皺が寄った。

「知恵の回る者がおるようで……」

義兵衛は苦い顔で言い訳をする。

「踏鞴場についてては分かった。黒川の宿の方は？」

「向こうには手練れが……」

義兵衛の言葉に、堂之助はぱんっと畳を叩く。

「橘衆が手練れ揃いであることはあらかじめ分かっていたことであろう。なぜ多勢で攻めぬ？」

「他領でございますれば……」

「三鷹が攻め込むのではない。山賊の襲撃であろう」

「甘く見ておりました……」

義兵衛は歯を食いしばり頭を下げる。

「倒した者の中に、踏鞴親方の親族はいるか？」

「雲母《きら》の早苗《さなえ》に骸《むくろ》の顔を確かめさせましたが、村下《むなげ》の妻と息子が一人」

「早苗は深手を負うたと聞いたが？」

「はい右腕を失いましてございます。が、戸板に乗せて運び、確かめさせました」

「そうか――。村下の妻と息子。藪《やぶ》をつついて蛇を出してしまったのでなければよいがな――」

「生き残りは三十人足らず。橘衆は出羽国へ逃げ込みました。国境《くにざかい》まで尾行《つけ》て確認しております。戻ってくることはございますまい」

「確かか？　全員が出羽へ逃げたのか？」

「村下の娘の一人の行方が分かりませぬが――。十三、四の小娘でございますゆえ、心配はなかろうと」

「馬鹿者が」堂之助は吐き出すように言う。

「そういう油断で失態を繰り返しているではないか」

「はい……」

義兵衛は平伏する。

甘く考えていたのは自分も同じ――。堂之助は苦い思いを嚙みしめながら、義兵衛の背中を見る。

堂之助の前に無明衆探しを命じられていた者は、安直に『領内に入った歩き筋踏鞴衆を皆殺しにし、生き返った者が無明衆』という方法をとり、自分もそれを踏襲した。

そのような手を使っていれば、いつかは噂が広まり、歩き筋踏鞴衆は山野に近づかなくなるだろうとは思ったが、さほど重要な仕事とは考えていなかったのでそのままにしていた。

御山廻りの者たちも同様の思いがあったようで、杜撰《ずさん》な仕事をした。

そして、綻《ほころ》びが大きく裂けてしまった。

村下の娘が行方をくらましたのはなぜか――？

仇討ちを考えているのではないか？

母と兄を殺した者の命を奪うことだけが仇討ちではない。その怒りを解き放つことを目的と考えれば、小娘一人だとしても、城下に火を放つという形で三鷹への仇討ちはできる――。

堂之助は長く息を吐き出す。

「出羽国との国境を見張れ。橘衆を山野へ入れるな。それから村下の娘を探せ。もし山野に入っているようならば、始末しろ。無明衆探しは、しばらくの間休みだ」

「御山廻りの方はいかがいたしましょう」

「最小限の人数で行え。まずはこの件を終わらせてしまうことが肝要だ。少し調べれば歩き筋踏鞴衆を襲ったのが御山廻りであることは想像がつこう。御山屋敷の守りも固めておけ」

「承知いたしました」

平伏していた義兵衛は上体を起こし、一礼して部屋を辞した。

二

多霧が山野の城下町に入って三日が経っていた。古着屋に忍び込んで着物を盗み、両替商に忍び込んで金を盗み、旅の商人の娘を装って城下を歩いて情報を収集した。

町の人々の話によれば、ここ数年、歩き筋踏鞴衆が現れないというのは事実のようであった。芸能や木地師などの歩き筋はいつも通りに藩領に入っているらしい。

多くが、山林や鉱山の見廻りをする御山組の役人たちが追い返しているのだと言う。ごく少数だが、御山組の者たちが歩き筋踏鞴衆を捕らえて組屋敷に連れて行った所を見たとか、山から下りてきた御山組の役人が返り血を浴びていたから、踏鞴衆を殺しているのだと言う者もいた。

多霧は四日目から用をいいつかった商家の小女に扮し、城の外堀近くの侍屋敷が集まった界隈を歩き回った。

御山組の組屋敷は高い築地塀に囲まれて、まるで禄高の高い高知衆《こうちしゅう》の屋敷のように見えた。

昼下がり——。何気ない素振りで築地塀の側を歩く多霧は、嗅《か》ぎ馴《な》れたにおいを嗅ぎ取った。

熱せられた鉄のにおいである。

溶けた鉄が甑《こしき》から流れだし、空気を焼く、あのにおいが築地塀の向こうから漂って来るのだ。

耳を澄ますと、鞴《ふいご》を踏む音も微かに聞こえる。そして、鉄を鍛える鎚音も――。

組屋敷の中には踏鞴場と鍛冶場がある。

多霧は小走りに武家地を出て、すぐ隣の町人地の茶店に入る。道の向こう、右側に御山屋敷の門が見える。

「今日は暑いわね。冷たい水をおくんなさいな。白玉を入れてね」

多霧は葦簀《よしず》で日除けをした床几《しょうぎ》に腰掛けると、掌で顔に風を送りながら言った。

「あれ、お姉ぇさん、山野の人じゃないね」

盆を胸の所に抱えた小女が、振り返って言った。

「分かる？」

「言葉が違うもの」

「江戸から都落ちよ」

多霧は大人っぽい口調で言い、顔をしかめる。

小女は真鍮《しんちゅう》の器に満たした白玉入りの水を運んでくると、興味津々の顔で、多霧を見た。

「なにか悪いことでもしたのかい？」

「これでも大店のお嬢さんなんだけどね、ちょいとおいたをしちゃって。知り合いのお店《たな》に行儀見習いに出されたのよ」

「へぇ。どこのお店？」

「言えるわきゃないでしょ」

多霧はけらけらと笑う。

「おいたって、これ？」

小女は親指を立てて見せる。

「まぁそんなところ」

多霧は答えを濁す。

「へぇ。あたしと同じくらいの歳に見えるけど、江戸の娘はお盛んなんだね」

「あんた、幾つ？」

「十四」

多霧より年上であったが、

「なんだ。あたしより二つも下じゃない」

と嘘を言った。

「ところでさぁ――」多霧は水を啜《すす》りながら言う。

「少し先の、高い築地塀の御屋敷」

「ああ。御山屋敷ね」

「御山屋敷っていうの」

「ええ。御山廻りのお役人たちの屋敷」

「山野に来たばっかりだからさ、城下を見て回っているのよ。土地を知らなきゃお使いもできないからね」

「ああ。なるほどね」

小女は得心したように肯《うなず》いた。

「わざわざ山を見回って、どうするの？」

「黒川領や三日市領から越境してこっそり木を伐る人たちがいるんですって」言って小女は多霧に顔を近づける。

「本当は金山を守ってるんだって言う人もいるのよ」

「金山？」

「しっ！　ほら、越後国の沖には佐渡島があるじゃない」

「ああ。佐渡には金山があるわね」

「そう。その鉱脈が山野の山にまで続いているって言うのよ」

「そいつが本当なら厳重に見回りをするでしょうね――」

「ええ。羅盤《らばん》を持って山の中を歩くんだって」

「羅盤――」

多霧は眉をひそめた。

羅盤とは、方位磁石のことである。羅針《らしん》、土圭針《とけいしん》、指南針《しなんしん》と呼ばれることもあった。

「山中の方向くらい、そんなものを持たなくても分かるのに」

多霧は言った。

「あら、そうなの？」

「そうよ。枝の張り具合を見れば一発よ。それでも駄目なら、木に登ってお天道さまの動きを見ればいい」

歩き筋踏鞴衆ならば子供の頃に教えられる知識であった。御山廻りが知らぬはずはなく、わざわざ羅盤を持ち歩く必要があるとは思えなかった。

「へぇ。お江戸でも木に登って方角を見ることがあるのかい？」

小女に言われて多霧はどきりとした。

「ほら、家がいっぱい建ってて見通しが利かないじゃない」

と多霧は誤魔化す。

「でも、山の中と違って、頭の上は空いてるじゃない。木に登らなくてもお天道さまは見えるよ」

「ああ……。江戸に出てきた樵《きこり》だったか、猟師だったかに聞いた話だったかもしれない――。そんなことよりも、山野領では金のほかにはなにか採れるの？」

「銅山や鉄山もあるらしいわ。御山廻りのお役人はそういう山も巡るんだって」

鉄か――。岩鉄＝鉄鉱石ならば羅盤に反応するから、もしかすると鉄の鉱脈でも探しているのだろうか。

小女はちらりと台所の方を見る。亭主らしい男は何かの仕込みをしていて、小女の方には注意も向けない。客が多霧だけなので小女のお喋りを黙認しているようだった。

小女はほっとしたような顔で多霧に向かい合う床几に腰を下ろした。

「それで、御山屋敷がなんなの？」

「うん――。中からなにか変なにおいがしたのよ。それからトンテンカンって、金槌の音も」

「ああ。御屋敷には踏鞴場や鍛冶場があるのよ。山野の御山で採れた砂鉄で刀を打っているんだって」

「へえ。お抱えの踏鞴衆や鍛冶衆がいるの」

「天野智麻呂《あまのともまろ》さまって偉そうな名前のお方が踏鞴親方《たたらおやかた》よ」

踏鞴親方とは踏鞴衆の頭。橘衆の村下《むなげ》と同じ意味である。

「天野衆か――」

聞いたことがある名前だった。天野衆という歩き筋踏鞴衆がいたような気がするがはっきりとは覚えていない。

「知っているの？」

「いえ――。どこかで聞いたような気がするなって思ったけど、きっと勘違いよ」多霧は誤魔化した。

「ところでさ。山で若い男が捕まって、御山屋敷に連れて行かれたなんて物騒な話が聞こえて来たけど本当？」

「そうなの？」小女は怯えた顔をした。

「そういう話は聞かないけど、御山廻りのお役人は武術の調練に熱心で、みんな怖い顔をしているから、あたし、あまりあの辺りに近づかないようにしているの。あんたも気をつけた方がいいわよ」

「そうね――。そうする」

多霧は財布を出して小銭を小女に渡した。

「また何か聞きたくなったらいらっしゃい。なんでも教えてあげるわよ。あたしはさき。覚えておいて」

小女はぽんと胸を叩いた。

「あたしはきり。その時はよろしく。おさきちゃん」

言って多霧は茶店を後にした。

＊　＊

多霧は城下町のはずれ、山野の東に聳《そび》える山地の麓の破寺《やれでら》に入った。本尊はどこかに移したかそれとも盗まれたのか、蓮台ごと無くなっていて、埃だらけの須弥壇《しゅみだん》だけがあった。

本堂の隅に布団代わりの筵《むしろ》と、盗んだ衣類を納めた行李《こうり》が一つ置かれている。

多霧は着物を脱ぐと、行李から黒い小袖と裁付袴《たっつけばかま》を出して着替えた。芝居小屋から盗んだ黒子《くろこ》の衣装である。神社の境内を借りて興行している旅回りの一座で、黒子は子供がやっているらしく、着物の丈はちょうどよかった。

黒子の頭巾を懐に入れ、多霧は枕元に山刀を置いて筵に潜り込んだ。

橘衆を襲ったのは、母と兄を殺したのは、そして銑之介が世話になっていた踏鞴衆を皆殺しにしたのは、御山廻りの役人たちに違いない。

その証を見つけて、仇討ちをする。

多霧は母と兄を殺した者が誰であるか知らない。また、浮奈の命を奪った雲母《きら》の早苗《さなえ》の右腕を、浮奈が斬り落としたことも知らない。

秀郷、秀綱らと合流すれば戦いの子細も、仇が誰であるかも知ることができたはずだが、多霧は仇討ちを父と兄から止められることを恐れた。

御山組が歩き筋踏鞴衆を殺しているのだという証を見つけられればそれでいい。証を見つけたならば、屋敷に火を放ち、逃げまどう御山廻りたちを皆殺しにしてやればいい。

多霧の怒りは燃え上がり続けていて、浮奈や秀道のことを思い出すたびに、それは勢いを増した。

筵の中で、多霧は体を丸める。

秀道との最後のやりとりが多霧を苦しめる。踏鞴場を脱出するために会所へ向かう時、交わした言葉である。

『馬鹿兄貴！　後から目にもの見せてくれる！』

『おお。やれるものならやってみろ！　楽しみにしておるぞ！』

踏鞴場を囲む敵に見せるための芝居ではあった。

なんという別れの言葉だ――。

多霧の目から涙がこぼれた。

三

夜更けの城下町は静まりかえっている。

月光が家々の影を街路に落とす。

黒装束の多霧は影の中を走り、御山屋敷に向かっていた。

あと一町（約一一〇メートル）ほどで武家地に入るというところで、多霧は道に人影を見つけ、さっと路地に入った。

そっと様子を見ると、人影は身じろぎもせずに佇《たたず》んでいる。

膝丈の四幅袴《よのばかま》を穿き、洗い晒《ざら》して色が薄くなった小袖。総髪を茶筅に結っている。

俯《うつむ》き加減の顔は影になって見えなかったが――。

「銑之介《せんのすけ》──」

多霧は呟いた。

どきりと心の臓が大きく鳴って、そこを中心に甘やかな疼《うず》きが広がった。

しかし、それを押しのけて怒りがこみ上げてくる。

多霧は路地を飛び出し、銑之介に駆け寄ってその腕を摑む。

強引に物陰に引き込もうとしたが、逆に手を引っ張られた。ぐっと銑之介の顔が近づく。

多霧の頰がかっと熱くなった。

「誰かに見られたら怪しまれる」

多霧は抗う。

「邪魔だから去れ」

銑之介は短く言った。

「命の恩人にその口の利き方はないだろう！」

多霧は銑之介を睨む。

「放っておけばよかったのだ」

銑之介は暗い眼を多霧に向けた。

「ちょっと来い」

多霧は銑之介の襟を摑み、体重をかけて路地へ後ずさる。

「お前、無明衆だろう?」

路地の暗がりの中で多霧は聞いた。

「そうだ」銑之介は言う。

「だから、放っておけばよかったのだ」

「お前と関わったから、母《かか》さまと秀道兄《あに》さまが殺された。仲間も大勢殺された」

「繰り返させるな。放っておけば、お前たちに難が及ぶこともなかったろう。だからあの場から立ち去ったのだ——。お前もすぐに立ち去って仲間の元に戻ればこの件に巻き込まれることもなかった。砂鉄を探してあの辺りをうろついていたから、姿を見られ、巻き込まれた」

つまり、すべては自分のせいということか——。

罪悪感が胸を苦しくした。多霧は舌打ちをして銑之介の襟を摑んだ手を離した。

「お前はなぜここにいる?」

多霧は訊く。

「兄を探している」

「兄さまを？」

多霧は眉をひそめた。

「七年ほど前、兄からの知らせが途切れた。兄が世話になっていた歩き筋踏鞴衆の足跡を追い、山野までは辿《たど》れた」

「お前の兄さまも、お前が世話になっていた踏鞴衆のように皆殺しにされたのかもしれないね」

多霧の言葉に、銑之介はふっと笑う。

「兄は死なぬ。世話になっていた踏鞴衆が皆殺しになろうと、どこかで生きている。おれのようにな」

「生きているはずなのに知らせがないってことは――。三鷹に捕らわれているって考えたのかい？」

「そう考えたのは、襲われてからだ。襲ってきた者たちは、山賊にしては鬢付《びんつ》け油《あぶら》のにおいをさせていた。侍が山賊に扮しているのだと気づいた時、色々と繋がった」

「三鷹は、お前の兄さまが不老不死だと知り、無明衆に興味をもった。それで、無明衆をもっと集めようとしたってことかい」

「分かったならば、もうよかろう。相手は三鷹ご家中。お前一人で仇討ちなど出来ぬ相手だ。仲間の元へ戻れ」

「余計なお世話だ」

多霧はそっぽを向く。

「お前にうろちょろされれば、守りが固くなり、兄の行方を探すことが難しくなる」

「それはお前の都合だろうが。あたしは、あたしの好きなように動く――」

そう言った多霧は、ふと気になって訊く。

「無明衆ってのは本当に不老不死なのかい？　お前、あの時、死にかけていたじゃないか」

多霧の問いに、銑之介は小袖の前をはだけて見せた。

傷は、痕も残さず治っていた。

「凄い……。お前の傷の治りが早いのは分かったが、たとえば、心の臓を貫かれたり、首を切り落とされたりしたらどうなるんだい？」

現在の状況も忘れ、多霧は好奇心の虜《とりこ》になった。

「首を切り落とされた者を知らぬからそちらは分からぬが、心の臓を突かれても四日、五日で傷は癒える」

「年をとらないってのは？　お前、そのままの姿で生まれてきたわけじゃあるまい」

「無明衆も老いる。ただ、常人より何十倍もゆっくりとだ」

「なら、お前は何歳なんだ？」

多霧は闇の中で銑之介の朧《おぼろ》に白い顔を見つめた。

「さてな。お前の曾祖父よりもずっと年上であろうよ――。もうよかろう。仲間の元へ帰れ」

「余計なお世話だと言ったろう。お前の邪魔になろうが、あたしはあたしの思ったようにやる。橘衆が巻き込まれたのがあたしのせいだと分かったからなおさらだ」

「そうか」銑之介は溜息をつく。

「ならば、手っ取り早くことを済ませられるよう、おれが調べたことを教えてやろう。お前の兄を殺《あや》めたのは牟礼《むれ》の辰吉《たつきち》という男だ。しかし、お前の兄は自分を刺した辰吉の首をへし折った後に果てた。お前の母の命を奪ったのは雲母の早苗。お前の母は早苗の右腕を切り落としたから、それが目印になろう」

「雲母の早苗――。隻腕《せきわん》の女――」

多霧は銑之介から目を逸らして呟いた。

風が吹いた気がした。

さっと銑之介に目を戻すと、もうその姿はどこにもなかった。

四

出羽国南部の山中。橘屋《たちばなや》兜太《とうた》という村下が治める蝦夷系、土着の踏鞴衆の集落である。

黒川を逃れた秀郷《ひでさと》と橘衆の男たちはそこを頼り、戦いから二日目の夜に辿り着いた。

翌日の昼には秀綱《ひでつな》と草摺《くさずり》の勘介《かんすけ》らと、十名ほどの女たちが到着した。

秀綱が浮奈の死を告げると、秀郷は微かに表情を強張らせたものの「そうか」と短く答えて、取り乱すことはなかった。

その夜、鍛《しころ》の鐵《てつ》と鎬《しのぎ》の瓢太《ひょうた》に守られた侘枯《たきつ》、夷月《いつき》と老人たちが集落に着いた。

篝火《かがりび》を焚いた広場で、橘屋の踏鞴衆や秀郷ら橘衆の生き残りが一行を迎えた。

「多霧はどうした?」

秀郷は真っ先に訊いた。

「申しわけございやせん……」

鎬の瓢太が事情を話す。所々を老人たちや侘枯が補ったが、夷月はずっと俯いたままだった。

「――山野へ行ったな」

秀綱が険しい顔をして言った。

「馬鹿者めが――」

秀郷が唸る。

「あたしがちゃんと当来《とうらい》を見ることができれば、母《かか》さまも秀道兄《ひでみちあに》さまも死なずにすんだ……」

夷月が涙を流し始める。

「お前のせいではない」

秀綱が妹の肩を抱く。

「飯の用意をする」

橘屋兜太が明るい声で言う。まるまると太った赤ら顔の中年男である。

「腹がくちくなれば、悲しみも少しは薄れる」

兜太が大声で飯の用意を命じると、幾つもの小屋から女たちが出てきて遅い夕餉《ゆうげ》の用意を始めた。

橘衆は踏鞴場の広い会所に入った。兜太の好意でそこが寝所として与えられていた。

囲炉裏の周りに生き残りたちが座る。

女が、侘桔、夷月を含めて十三人。

男が、秀郷、秀綱、八人の年寄を含めて二十人。

いずれも沈鬱な顔をしている。

「誰のせいでもねぇ！」

秀綱は乱暴な口調で沈黙を破った。

「すべて三鷹の連中のせいだ！　こっちにはこれっぽっちも悪い所がないってのに、襲って来やがった！」

秀綱はしだいに激昂していく。

「百姓や町人に、虐められたり石を投げられたりするのは、我慢してきた。あいつらも侍たちに虐げられているから、不満の捌《は》け口が欲しいと考えりゃあ、気の毒な奴らよと、許してやれた。だが、やりすぎの奴らにゃあ、それなりの落とし前をつけさせた」

秀綱の目がぎらりと光る。

「親父どの。今回の件は、きっちりと落とし前をつけてもらわなきゃならねぇとおれは思うぜ」

「うむ……」秀郷は腕組みをする。

「だが、調子づいた町のごろつきや、山賊どもを相手にするのとはわけがちがうぞ」

「怖じ気《おけ》づいたのか？　ならば、自分だけさっさと山野に行っちまった多霧の方がよっぽど男らしいぜ」

「多霧姉さまに怒られるよ」

侘桔が口を挟んだ。

「怖じ気づいているのではない」秀郷が言う。

「三鷹の侍たちを相手にするのならば、それなりの準備が必要だと言うておるのだ。ちゃんとした用意もなく襲われてこのざまだ。浮奈や秀道、仲間たちが殺されたのが誰のせいかと言えば、最悪の事態を考えた備えをしなかったわしの責任だ」

「親父どの……」

秀綱は初めて見る父親の苦悩する顔に言葉を失った。

「なんの手も考えず、山野へ走った多霧は大馬鹿ものだ。下手をして人質にでもなられたらいい迷惑――」

「親父どの」侘桔が言う。

「多霧姉さまが自分だけで山野に走ったのは、これ以上橘衆の犠牲を出したくないと考えたからだ。馬鹿者呼ばわりは気の毒だ」

「分かっている」秀郷は眉間の皺を深くする。

「まずは父に相談を――。それもまた、そう思ってもらえなんだわしの責任だ。多霧もまた、わしが怖じ気づいて三鷹に戦いを挑まぬと思ったのであろう。なんでも話し合える関係を築けなかったわしが悪い」

「そこまでは言うていない……」

侘桔は困惑した顔になる。

「村下は三鷹に喧嘩を売るご所存なのですね？」

鎬の瓢太が訊く。

秀郷はゆっくりと首を縦に動かした。

生き残りたちの顔が引き締まった。女たちは口を一文字に結び、秀郷を力強い目で見つめながら小刻みに何度も肯いた。

「ならば、多霧さまはわたしが連れて参りましょう」

瓢太が言った。

「いや――」夷月が決然と顔を上げた。

「小娘の方が注目されず動きやすい。わたしが多霧姉さまを連れてくる」

「ならば、あたしも」侘桔が言った。

「夷月とあたしならば、瓢太一人よりも強い」

「よし。二人で行ってこい」

　秀郷は言う。

「村下──」瓢太は心配そうに眉を歪める。

「小娘二人では心許ない」

「ならば、戦《たたこ》うてみるか」

　侘桔が凶暴な目つきを瓢太に向けた。

「そのようにすぐに腹を立てては多霧を連れて帰る役目は任せられぬぞ」

　秀綱が笑った。

「いつもは真っ先に挑発にのる秀綱兄さまに言われとうはない」

　夷月が言う。

「なにを──」

　秀綱が小袖の腕を捲《まく》り、丸太のような腕を出す。

「瓢太」秀郷が言った。

「お前は影ながら二人を見守れ。侘桔と夷月の面子もあろうから、命が危なくなるまでは手を出すなよ」

「承知いたしました」

瓢太は言った。

「よし。それではすぐに行け。こちらは策を練っておく。繋《つな》ぎは錣の鐵と草摺の勘介にさせる」

秀郷の言葉に、鐵と勘介は肯いた。

侘桔と夷月、瓢太は小走りに会所を出た。

厨の小屋から握り飯を盛った皿や汁物の鍋を手にした女たちと、橘屋兜太が出てきた。

「おい。飯も食わずに出かけるか？」

兜太は三人に声をかける。

侘桔がさっと女たちに駆け寄って皿から握り飯を六個取った。

「走りながら食う」

侘桔は握り飯を夷月と瓢太に渡すと、三人で握り飯にかぶりつきながら踏鞴場を駆けだした。

* *

多霧は、雲母の早苗を探そうと思った。

目印は右腕を失った女――。

しかし、それほどの深手ならば、町を歩き回っているはずもない。どこかに潜んで治療、養生をしているはずである。

一番怪しいのは御山廻りの本拠である御山屋敷。多霧は様子を窺いに行ったが、屋敷の周りは見張りらしい男たちが頻繁に往き来していた。

密かに警戒を強めているらしく、見張りらはいかにも見張りでござるという格好はしていない。用足しの侍や商家の御用聞き、行商人などに扮しているが、多霧はそういう者たちの身ごなしや足捌《あしさば》きで武芸に秀でた者たちだと見破ったのである。

それではと、多霧は夜、屋敷に忍び込むことにした。

また銑之介が現れて邪魔をされるかと思ったが、その夜は何者にも邪魔されずに御山屋敷に辿り着いた。

多霧は助走をつけて高い築地塀に飛び上がった。

音もなく瓦の上に着地し、身を低くして庭の様子を探る。

築山の陰や植え込みの中、建物の横などに人の気配があった。

忍のような者たちが、庭を見張っている。

おそらく屋敷の中も同様だろうと多霧は思った。

見張りに気づかれずに屋敷に忍び込むことは不可能であろうと思われた。

長く築地塀の上にいれば、見張りに気づかれる——。

多霧は今夜の侵入は諦めて、塀を飛び下りた。

どうすればいい——。

多霧は唇を噛んで破寺へ戻った。

五

雲母の早苗は御山屋敷の長屋にいた。

床に横たわって、断続的に強弱を繰り返す右腕の痛みに耐えていた。

大量の血を失ったが、御山屋敷に常駐する医者に手当を受けて命は助かった。

しかし、処方された痛み止めの効果は薄く、ここ数日、ほとんど一睡もできていなかった。ともすれば、この痛みに耐え続けなければならないなら死んでしまった方がましという思いが心を支配しそうになる。

気も狂いそうな痛みであったが、早苗は橘衆への怒りを燃え上がらせることで正気を保っていた。

脂汗の浮く顔を歪めて早苗は唸る。

傷が治ったら、橘衆を皆殺しにしてやる――。

すでに自分の腕を斬り落とした女は、自分で始末をつけたから、激しい恨みを向ける対象は橘衆しかなかったのである。

外に足音が聞こえて、腰高障子に提灯の明かりが揺れた。

「早苗。入るぞ」

御山組の頭、伊折の義兵衛の声だった。

「はい……」

早苗は夜具の上に身を起こし、寝間着を整えた。

障子が開き、四つの人影が部屋に入ってきた。

義兵衛が提灯の明かりを行灯に移す。

明かりの中に義兵衛と見知らぬ三人の男の姿があった。

いずれも軽衫《かるさん》に白い上《うわ》っ張《ぱ》り姿だが、一人は壮年で二人は若い。壮年の男は顎に山羊髭《やぎひげ》を生やして投頭巾《なげずきん》を被り、若い男らは黒塗りの道具箱のような物を持っており、一見して医者と弟子であることが分かった。

「御殿医の斉藤久庵《さいとうきゅうあん》さまだ」義兵衛が言う。

「お前の傷を診てくださる」

「左様でございますか……」早苗は左手で、乱れて頬に貼りついた髪を掻き上げた。

「よろしくお願いいたします」

この痛みを和らげてくれるなら誰でもよい。早苗はすがりつくような目で久庵を見上げ、頭を下げた。

「うむ」

鷹揚《おうよう》に肯いて久庵は早苗の正面に座る。

久庵が目配せをすると、弟子二人が早苗の布団の上に油紙を敷いた。すぐに一人が外に出て、水を満たした手桶を持ってきた。

久庵は腰から竹筒の水筒を取って栓を抜き、早苗に差し出す。

「スッポンの生き血だ。まず血を補う」

早苗は肯いて水筒を受け取り、中の液体を一気に干した。生臭いにおいや味にも表情は変えない。御山廻りのお勤めでは、何日も里に下りずに山中を歩く。そんな時、滋養のために獣の生肉を食うこともあったから、スッポンの生き血など気味が悪いとも思わない。

「まずは横になれ」

空になった水筒を受け取って久庵が言った。

早苗は油紙が敷かれた夜具の上に横たわる。

弟子二人が早苗の左右に回り、右腕を取って傷口に巻かれたサラシをほどいた。

傷に当てた布が乾いた血で傷口に貼りついていて、剝がす時に激しい痛みがあった。

早苗は奥歯を嚙みしめて悲鳴を堪える。

傷口が開き、油紙の上に血が滴った。

「藪医者の手当だな」久庵が傷を診ながら言った。

「これでは治りが遅い。すぐに治る手当をするが、最初はかなり痛むぞ。覚悟はよいか？」

早苗は急に不安になったが、「はい……」と答えた。

二人の弟子が早苗に猿轡《さるぐつわ》を嚙ませた。次に早苗の足を布紐で縛る。そして最後に、細長い布を早苗の目元に当てる。

目隠しなど無用と言いたかったが、猿轡が邪魔でまともな言葉にならなかった。

「いや」

早苗の言葉を聞き取った久庵は弟子たちを促す。弟子の一人が手際よく早苗に目隠しをした。

「少し傷を開くでな。見ぬ方がよい――。義兵衛どのも手伝うてくれ」
久庵は、縛られた早苗の足を顎で差した。
義兵衛は早苗の足を押さえる。
一人の弟子が左肩を押さえ、もう一人が左の肘をしっかりと握った。
久庵は道具箱の一つを側に引き寄せて、一番下の抽斗《ひきだし》を開ける。
中から赤黒いものを納めた硝子の容器を取り出し、膝の脇に置く。
一番上の抽斗から小刀と鑷子《せっし》（ピンセット）を取り油紙の上に置いた。
「さて、刃を入れるぞ」
久庵が言うと、早苗は肯き、全身に力を入れて痛みに備えた。
久庵は小刀で、傷を被う大きな瘡蓋《かさぶた》を切り取った。
早苗は喉の奥で呻き声を上げる。
さらに傷口を大きく開く。切断された骨が現れた。
早苗は呻き声とともに体をくねらせた。
義兵衛と弟子がその動きを封じる。
久庵は硝子の容器の蓋を開け、鑷子で中の赤黒いものを摘み上げた。
行灯の明かりで、それはぬめっとした光を反射した。一寸四方の肉片であった。

久庵は肉片を早苗の骨に被せ、当て布を載せ、急いでサラシを巻きつける。

サラシにじわじわと広がっていった血は、すぐに止まった。

「これでよい」

久庵はにやりと笑い、手桶の水で血を洗い流し、血が滲んだサラシの上からさらに分厚くサラシを巻いた。

早苗はぐったりと体から力を抜いた。

脈打つような痛みが続いている。

しかし――。早苗はその痛みが先ほどから変化していることに気づいた。

重苦しい痛みと鋭い痛みがないまぜになったものの中に、むず痒《がゆ》さが混じっている。

治りかけの傷が発する、あの痒みである。

たった今、傷を切り開いたばかりなのに、傷が治りかけているなどということはあり得ない。

早苗の目隠しと猿轡が解かれた。

薄暗いはずの行灯の光が眩しく感じられて、早苗はまばたきをした。

「どうだ？」

と久庵が覗き込む。

い。

「なにか、珍しい薬でも使《つこ》うたのでございましょうか？」

早苗は右腕を見た。肘から下にサラシが巻かれた状態は、先ほどと変わってはいない。

早苗の問いに、久庵と義兵衛がちらりと顔を見合わせた。

「使《つこ》うた」久庵が答える。

「なにか変化があったように感じたか？」

「はい……。なにやらむず痒うございます」

「そうか、そうか！」久庵は破顔した。

「それは、もう治り始めている証だ――。明日、また診に来よう」

と久庵は立ち上がる。

「あの……」早苗は遠慮がちに言う。

「情けないことでございますが、ここに戻ってから痛みのためにほとんど眠っておりません。眠り薬など、いただくわけにはまいりませぬか」

「うむ」久庵は難しい顔をして早苗を見下ろす。

「今夜一晩、辛抱いたせ。食い物に食い合わせというものがあるように、薬にも飲み合わせというものがあるでな。使うたのは新しい薬ゆえ、飲み合わせの善し悪しがよく分かっておらぬのだ。明日、様子を聞いてから、眠り薬をどうするか決めよう」

「分かりました……」

早苗は今夜の睡眠も諦めて肯いた。

「それでは、また明日」

義兵衛は言って行灯の火を提灯の蠟燭に移す。そして指に唾をつけて行灯の芯を摘み、火を消した。

義兵衛と久庵、二人の弟子たちは静かに早苗の部屋を出ていった。

早苗は大きく息を吐く。

こころなしか痛みが和らいだような気がした。よほど強い薬を使ったのだろうと早苗は思った。

そして——。いつの間にか眠りに落ちていった。

＊　＊

早苗の住む侍長屋を出て、御山屋敷の母屋に歩きながら、

「明日が楽しみだのう」

と久庵は言った。

「あの肉はなんでございますか？」

弟子の一人がたまりかねたように訊く。

「あのような治療法、長崎でも見たことがございません」

もう一人の弟子が訊いた。

「今回の治療が上手くいったら、お前たちにも施術を教えてやる。しばし待て」

久庵はくすくすと笑った。

＊　＊

翌朝、早苗は義兵衛の声で目覚めた。

はっとして目を開けると義兵衛と久庵が自分を覗き込んでいた。

慌てて飛び起き、寝間着の前を合わせて頭を下げた。

義兵衛、久庵の後ろには昨夜《ゆうべ》の弟子が二人座っていた。

「眠り薬はいらなかったようだな」久庵が笑う。

「痛みはどうだ？」

言われて早苗は驚いた。

痛みが消えている。むず痒さは昨日より強い——。

「痛みません……」

早苗は唖然《あぜん》とした顔を久庵に向けた。

「そうか、そうか。どれ、診せてみろ」

久庵は早苗の前に座り、右腕を取ってサラシをほどいた。上に巻いたサラシは真っ白なままである。

下に巻いたサラシは染みた血が赤黒く変色していた。久庵はそれもほどいた。

赤黒くごわごわに乾燥した当て布が現れる。

傷に癒着していて、これを剝がす時にはひどく痛む。早苗は覚悟して息を止めた。

しかし――。当て布はぽろりと床に落ちた。

早苗ばかりでなく、久庵とその弟子二人、そして義兵衛も驚いて右腕の傷を見た。

肘の下二寸で断ち切られた腕の傷は、桃色に肉が盛り上がり、薄皮まで張っていた。

「これは、どうしたことでございましょう……」

早苗は傷を見つめたまま掠《かす》れた声で言った。

「治療がうまくいったのだ……」

久庵は上擦《うわず》った声で言い、後ろで呆然としている弟子二人を急《せ》かすように手を動かした。

「傷はもう大丈夫だが、皮は薄い。このままでは擦《す》れて痛かろうから、サラシを巻いてやれ」

二人の弟子ははっと我に返り、道具箱からサラシを出して早苗の脇に座る。

そして、信じられぬものを見るような目で早苗の傷を見ながら、そっと薄皮の上に触れる。

「感覚はあるか？」

右に座った弟子が訊く。

「はい。触れられているのは分かります」

「すばらしい……」

左の弟子はなにかを思いついたように道具箱を側に引き寄せる。そして抽斗の中から真綿を出した。

「サラシが擦れて痛まぬよう、これを当てましょう」

久庵に伺いを立てる。

久庵は肯き「よう気がついた」と言った。

二人の弟子は早苗の傷を真綿で包み、サラシを巻いた。

「また明日診に来るが、なにか変化があったならば義兵衛どのに知らせよ。すぐに城より駆けつける」

久庵は言った。

御山屋敷の庭に置かれた駕籠《かご》の側で、義兵衛は二人の弟子に聞こえないように小声で訊いた。

「男の方はいかがでございます？」

「すでに傷痕もない」

久庵は答える。

「切り取っても一晩で元に戻るのであれば、戦に一人連れていけば重宝しますな」

「戦国の世でないことが残念だな」

久庵はほくそ笑み、駕籠に乗り込んだ。

＊　＊

六

銑之介と再会し、五日が経った。

多霧は打つ手を思いつかず、御山屋敷を見張るだけの日々を過ごしていた。

昼は町娘や行商人に扮し、夜は黒装束で、屋敷の周囲を歩き回る。

幸いなことに見廻りの者たちに気づかれることもなく、寝泊まりしている破寺まで尾行がつくこともなかった。

屋敷にこれといった動きはない。ただ、立派な駕籠が一日に一度、出入りしている。共をしているのが白い上っ張りを着た若い男が二人。駕籠は内堀の中から来るから、おそらく御殿医であろうと多霧は考えた。

御山屋敷は高知衆の邸宅ではないから、わざわざ御殿医を呼んで診てもらうような身分の高い者はいないはず。

身分は高くなくとも重要な人物がいる——。

もしかすると銑之介の兄か？

しかし、不老不死の者に医者はいらない。

いや。その医者は不老不死の秘密を解き明かそうとしているのかもしれない。

不老不死の秘密を解くための辿《たど》り（研究）をするならば、様々な試しをするはずだ。

だとすれば、不老不死の者は一人よりも二人、二人よりも三人いた方が都合がいい。

だから、三鷹は無明衆が紛れているかもしれない歩き筋踏鞴衆を襲っている——。

そういうことだろうか。

不老不死の秘密が解ければ、普通の人間を不老不死とする方法も見つかるかもしれない。あらゆる病を治す方法も——。

土地の狭い山野にとって、それは大きな財産となろう。

そういうことかもしれない。

多霧は夜になると築地塀に上がり、屋敷の建物の配置を調べ、頭に入れた。本当は庭に下りて子細に見て回りたいところだったが、自分を抑えた。万が一にも捕らえられてしまえば、橘衆に迷惑がかかるからである。

捕らえられたら自ら命を断つ。

だが、そうならないように危険は回避しなければならない。

多霧は父や兄たちの用心深さはそういうことだったのだと、やっと理解できた。

御山屋敷を訪れる御殿医がどの建物に入るのかを知りたくて、多霧は危険を承知で昼の築地塀に上った。ちょうど、庭から外に向かって伸びる松の木があり、その葉に身を隠すようにして駕籠を降りた御殿医の動きを確認したのである。

御殿医は二人の弟子と共に、中年の侍に伴われてまず母屋に入った。小半刻（約三〇分）ほどで出てくると、次は侍長屋に入り、今度は小半刻もかからず出てきた。

母屋ならば、奥に座敷牢があって、そこに捕らわれている銑之介の兄を訪ねているのかもしれないと思えるが――。

なぜ侍長屋へ入る？

御殿医が診てやるほどの病人がいるのだろうか――。

多霧ははっとした。

銑之介は『お前の母の命を奪ったのは雲母の早苗。お前の母は早苗の右腕を切り落とした』と言った。

多霧はぎらつく目を侍長屋の方に向ける。

早苗は侍長屋にいるのかもしれない。

御殿医が傷の手当をしているのかも――。

しかし確証はない。

闇雲に斬り込むわけにはいかない。

多霧は歯を食いしばり、目を閉じて、深い呼吸を何度か繰り返して心を落ち着けた。

用心深く好機を狙うのだ。

焦ってはならない。

ほとんどなにも分からぬまま、多霧は通りに人影がなくなったのを確認して築地塀を下りた。

＊　＊

夜の見張りに備えて筵にくるまり眠っていた多霧は、外の気配で目が覚めた。

破寺に忍び寄る気配が、七つ、八つ──。

いや、屋根に四人。都合十二人か──。

多霧は舌打ちして起きあがる。草色の橘衆の装束を着ていた。枕元の山刀を取り、腰の後ろに差す。

華燈窓《かとうまど》からそっと外を窺う。

裁付袴に襷《たすき》、鉢巻き姿の侍たちが、雑草の生い茂った境内に潜んでいる。六尺棒や刺又《さすまた》を持つ者もいた。

罪人を捕らえる体《てい》で、襲ってくるつもりか。なるほどまだ日のあるうちに騒ぎを起こすならば、その方が向こうに有利だ。

多霧は舌打ちした。

いつ気づかれた？

昼間に築地塀に上った日か？

しかし、尾行の気配はなかった。

「修業が足りないということか……」

多霧は顔をしかめて山刀の柄を握る。掌に汗を掻いていて滑る。

多霧は掌の汗を小袖の腹で拭った。

仲間たちとの調練や、行商の折に絡んでくる町のならず者たちとの喧嘩の経験は豊富であったが、命のやり取りはしたことがなかった。山賊に襲われた時などは、大人たちが戦うからである。

大勢の敵と命のやり取りをしなければならない。

しかも、仲間はおらず、自分独り。

心の臓が高鳴り、口の中がからからに乾いた。

覚悟はしていたが、頭の中で描く戦いと、目の前に本物の敵がいるという状況はまるで違うと多霧は思った。体の筋に無駄な力が加わって、体が硬くなっている。

うまく戦えるだろうか――。

緊張の中に恐怖が生まれた。

秀綱と木剣で戦う時は、十本に二本は多霧が取る。

大丈夫だ。大丈夫――。

多霧は自分にいい聞かせた。

仕掛けてくるのを待つか。それともこちらから仕掛けるか――。

連中が仕掛けてくるということは、すなわち包囲が完成しているということ。待っていればこちらが不利になる。

多霧は耳を澄まし、屋根の上の者たちの動きを探る。そして小さく肯くと、柱をするすると上り、梁に足をかけて天井板を外した。

ここをねぐらと決めた時、子細に建物を調べてある。

天井裏に上った多霧は屋根の上の敵の配置を音で確認する。入母屋の屋根であるから左右に破風《はふ》がある。左の破風の崩れた壁から外を覗く。杉の大木がすぐ近くにあり、太い枝が屋根の上に張り出していた。枝が邪魔なのだろう。こちら側の屋根には誰もいない。

さてどうしたものかと多霧は迷う。

このままそっと抜け出して枝を辿り、杉の木に移って身を隠し、敵をやりすごそうか。

それとも、屋根の四人を殺して敵の数を減らそうか――。

多霧は目を閉じて、屋根の敵との戦いを頭の中で組み立ててみる。

四人は倒しても、残り八人をどうする？

こちらが屋根にいることを知られれば、杉の木に移っても身を隠すことはできない。

なにより、四人もの敵を殺せるかどうか――。

戦いに勝てないとは思わない。だが、人を殺す思い切りができるかどうかに自信が持てなかったのである。

母を手に掛けた雲母の早苗という女が相手なら、躊躇無く刃を振るうことができるが、屋根の四人に直接的な恨みはない。

殺さなければ殺されるとは分かっている。しかし、こちらから仕掛けて一撃必殺で殺そうとしても、きっと太刀筋に迷いが出る。

多霧は、致命的な自分の弱さに気づいた。

独りで山野に来るなどということはすべきではなかったと実感できた。

多霧は壊れた破風の壁に近寄り、屋根に出た。

身を低くしてそっと杉の枝に乗る。

枝はたわみ、瓦屋根に触れた。

どきりとして動きを止め、腰の後ろの山刀に手をやる。

敵に動きはない。

多霧は息を詰めてそろりそろりと枝を渡る。

手を伸ばし、幹に抱きつく。そして、屋根からも下からも見えない、枝の密生した場所まで下りた。枝と幹の又に座り、屋根から移るために渡った枝を見上げる。

大人の男が乗れば折れるくらいに細いから、上からの攻撃はない。

橘衆の草色の装束が、杉の葉の中に多霧の体を溶け込ませた。

しばらくはここで様子をみよう――。

多霧はほっと息を吐き出した。

＊　＊

捕り方を命じた足軽たちを束ねているのは、御山組三番隊の岩船《いわふね》の権六《ごんろく》であった。癖のある硬い髪を茶筅に結って、暗い目をした男。頭から左耳にかけて黒い布を巻いている。鎬の瓢太に棒手裏剣で切り裂かれた耳を隠しているのである。

雲母の早苗から聞いて、相手が鎬の瓢太という男であることは分かっていた。次に会ったならば、八つ裂きにしてやると、怒りをたぎらせている。

あれ以来、権六を岩船の権六と呼ぶ仲間はいない。皆、揶揄《やゆ》を込めて〈耳欠けの権六〉と呼ぶのである。その鬱憤が胸の中に渦巻いている。

当面の相手は瓢太でなくとも、橘衆ならば誰でもいい。胸にはち切れんばかりに溜まったものをぶつけてやりたい――。

小娘が御山屋敷の様子を窺っていることに気づいたのは頭《かしら》の伊折の義兵衛だった。後を追ってこの破寺を見つけたのも義兵衛であった。

小娘を捕らえることになった時、権六は真っ先に志願した。そして、

『捕らえた後は、生きておりさえすればよいのでございますな？』

と確認した。

仲間たちはみな嫌な顔をしたが、権六は気にしなかった。

義兵衛が早苗に人相風体を語り、橘衆の村下の娘の多霧だと確認できている。

村下の娘ならば、配下の瓢太にとっては宝であろう。散々になぶり者にした後、どこかに晒して瓢太をおびき寄せる。

そして瓢太を跪《ひざまず》かせてその足下に手裏剣を放り、『それで己の耳を切り取れ』と命じてやるのだ――。

暗い妄想が権六を捕らえて離さない。

破寺を取り囲んだ後、ひとしきり妄想を楽しんだ権六だったが、多霧の動きがないことを訝《いぶか》しんだ。

伊折の義兵衛以外の者が気がつかないほどに、多霧の見張りは巧みだった。真っ昼間に築地塀に上って屋敷内を窺うなどという大胆なこともやってのけているという。

そんな手練れならば、自分の隠れ家を囲まれた気配を察知していないはずはない。

攻撃するなり、逃げ出すなりするはずだ。

だが、破寺を囲んですでに一刻が過ぎようとしているのに、多霧は動かない。

すでに逃げ出しているのか？

いや、頭が破寺まで追って、入れ替わりに我らが囲んだ。逃げ出す隙はなかったはずだ。

あらかじめ抜け穴でも掘っていたか？

もし逃げられでもすれば、大変なことになる。叱責《しっせき》だけではすむまい――。

権六は焦り始めた。

隠れた藪の中から、破寺の扉を睨み、近くにいた足軽の襟首を摑んで近くへ引き寄せた。

「寺の床下を調べて参れ」

「わたしがでございますか……」

男は怯えた顔で権六を見た。

「抜け穴がないか調べて来るだけだ。なにも無ければすぐに戻って来てよい。ただし、見逃すなよ」

権六は男の背を押した。

男は諦めたように藪を出ると、身を低くして破寺に近づいた。

攻撃はない。建物は静まりかえっている。

男は床下に潜り込んだ。

忍の調練をしたこともない足軽ならば、音を立てて床下を這いずる。多霧はなにかの動きを見せるはずだ――。

権六はそう読んだのであった。

しかし、床下から悲鳴が聞こえることもなく、少しして男が這い出した。

怯えたようにこちらに駆け戻って来る。

足音を殺すことも忘れ、雑草を掻き分けながら藪に飛び込む。

「抜け穴はございませんでした」

息を切らせながら男は言った。

「本堂の中の様子は？」

「いや……、そんなことに気を配っている余裕は……」

男の答えに権六は険しい顔になる。そして、藪を飛び出した。

急に権六が動いたので、足軽たちは狼狽《うろた》え、お互いに顔を見合わせながら後に続く。

権六は正面の階段を駆け上がり、扉を蹴り開けざま、打刀を抜いて本堂に飛び込んだ。

足下から埃が舞い上がる。

本堂の中は無人であった。

堂内の隅に行李を見つけて、権六はその中をあらためた。女物の着物が詰まっている。

「探せ！」

権六は叫んだ。

＊　＊

本堂の床下に潜っていた捕り方が藪に戻ると、黒い小袖に裁付袴、袖無し姿の男が藪から飛び出した。

戸惑ったような表情の捕り方たちが後に続いて本堂に駆け込む。

多霧は今が好機と、杉の木を下りる。

音を立てず、できるだけ速く――。

男たちが本堂の中を歩く音。

多霧がいないことを確認したらすぐに飛び出して来るはず。

気が焦った。

二間（約三・六メートル）の高さから、多霧は飛び下りた。

男たちはまだ本堂の中だ。

多霧は境内から抜け出すべく走り出す。
すぐ横の藪ががさりと鳴った。
驚いた多霧は音の方を向いた。
捕り方が一人、目を見開いて多霧の方を見つめていた。
抜かった――。
見張りが残っていたのだ。
今殺せば間に合う――。
多霧は思ったが、山刀の柄を摑んだ手が動かない。
本堂から「探せ！」の声。
男の口が悲鳴の形に開く。
多霧の足が風を切って男の側頭を蹴った。
男の絶叫が途中で途切れた。
本堂の連中に聞かれた――。
多霧は全速力で走った。
寺の石段まで走った時、下から五人ほどの捕り方が駆け上がってくるのが見えた。
多霧を見上げて「あっ」と叫び、足を速めた。

多霧は山刀を抜き、石段を駆け下りる。

捕り方も刀を抜く。

多霧は石段を蹴った。

多霧の体が宙に舞ったのを見て、捕り方たちは足を止めた。

先頭の男二人の真上に多霧は落下する。

男たちの頭を踏みつけ、さらに飛び上がる。

次の列の三人が慌てて逃げようとするところに、多霧は体を捻って回し蹴りを見舞った。

倒れた男たちを踏みつけて、残り十数段を一気に飛び下りた。

深くしゃがみ込むようにして衝撃を和らげると、多霧は畑の中の道を走る。

空き地に座っていた二十人ほどの捕り方が立ち上がり、畑に植えられた野菜を蹴散らしながらこちらに殺到した。

こんなに伏兵がいたなんて――。

自分の読み違いを悔いながら、多霧は突き出された六尺棒を叩き斬り、刺又の下をかいくぐって捕り方の腹に拳を叩き込む。

次の袖搦《そでがらみ》は腋《わき》の下で抑え、そこを軸に体を回転させ、踵《かかと》で捕り方の顎を砕く。

四方から六尺棒を持つ者たちが攻め寄せる。

多霧は高く飛ぶ。

六尺棒が地面に突き刺さり、慌てる捕り方。

落下してきた多霧は体を回転させ、捕り方たちを蹴り倒した。

ちらりと石段の方へ目を向ける。

黒衣の侍が駆け下りて来る。

舌打ちして正面に目を向けると三人の捕り方が刀を大上段に振り上げて走って来た。

多霧は一人目に突っ込み、捕り方の脇腹を強く押した。その反動で左に飛び、山刀を握った拳を二人目の頬に叩き込む。

向きを変えようとした所に、三人目の男が刀を振り下ろした。

多霧はしゃがんだまま左手を峰《みね》に添え、山刀を横にして突き出す。

鋭い音がして、捕り方の刃が折れた。

呆然とする捕り方の顔に頭突きを叩き込む。

その時、背後に駆け寄ってくる足音を聞いた。

多霧は前に飛び込むように転がり、膝を突いたまま素早く向きを変える。

頭に黒い布を巻いた男——、権六が眼前に迫っていた。

多霧は権六に体を向けたまま、畑の土を一掴み握ると後ろへ跳ぶ。
宙を舞いながら、多霧は土を権六の顔に投げつけた。
権六は土を避けようと身を沈めたが、広く散った土はその顔にかかった。
権六は思わず目を閉じる。
斬れる間合いだった。
しかし、多霧は一瞬躊躇して好機を逃した。
多霧は走る。
権六が追う。
あっという間に二人の距離は縮まる。
多霧は突然足を止める。
土煙を上げて横滑りしながら、体を権六に向け、多霧は刀を顔の横に水平に構えた。
権六は多霧の切っ先に突っ込みそうになり、横っ飛びに畑に転がった。
多霧は再び走り出す。
速度が上がらない。疲労が急激に多霧の体力を奪った。
背後から足音が迫る。
逃げ切れない。ここで決着をつけなければ。

殺す気で戦わなければ殺される。
多霧は立ち止まって権六を振り返る。
山刀をぶんっと勢いよく振って、自分に気合いを入れる。
権六は雄叫びを上げながら打刀を振り下ろす。
多霧はくるりと体を回し、権六の切っ先を逃れる。多霧は権六の背後をとったが、
やはり刀を振り下ろすことは出来なかった。
権六はすぐに向きを変え、多霧に斬りかかる。
その攻撃を刃で受ける。重い衝撃が掌を痺《しび》れさせた。
権六は右に左に刀を振るう。
刃が打ち合う音が連続する。
多霧の腕が重くなる。二の腕や肩の肉がぱんぱんに張ってきた。
太股も重い。脹《ふく》ら脛《はぎ》が吊りそうだ——。
気力が失せていく。
多霧の動きが鈍くなったので権六はにやりと笑った。
破寺の方から捕り方が走ってくる。
権六は舌なめずりせんばかりの顔で、

「もう逃げられないぜ」

と言い、刃をくるりと回して峯を正面にし、打刀を構えた。

「斬りはしねぇ。峰で散々に打ち据えてやるから覚悟しな」

権六は刀を振り上げ、振り下ろす。

多霧は山刀を上げてそれを受けたが、止めきれずに、権六の峰が肩をしたたかに打った。

多霧は呻いて地面に片膝を付く。

「なんでぇ。もう降参か？」

権六はにやにや笑いながら刀を振り上げる。

その顔面に黒いものが飛んだ。

鈍い音がして、権六は両手で顔を押さえてうずくまった。

次々に黒いものが飛来して権六の体に当たる。権六は地面に倒れ込む。

権六に当たって地面に落ちたのは拳大の石であった。

飛礫《つぶて》である。

多霧は、飛礫が飛んできた方向に顔を向けた。

馬が二頭駆けてくる。乗っているのは小娘。膝丈の草色の小袖。黒い手甲と脛巾《はばき》

――。

侘桔と夷月であった。二人はどこかから盗んできた農耕馬に、鞍もつけず乗っている。

多霧は全身から力が抜けていく感覚を覚えた。

いや、安心している暇はない――。

多霧は、顔を押さえたまま立ち上がろうとしている権六の側頭部を、思い切り蹴った。

権六は横様に吹っ飛び、動かなくなった。

「多霧姉さま。面倒をかけるな」

多霧に駆け寄った侘桔は、馬上から怖い目で多霧を睨み、手を差し出した。

「すまない……」

すんなりと素直な言葉が出て、多霧自身も驚いたが、二人の妹も目を丸くしていた。

侘桔はなんと返事をしていいか分からず、「姉さまは前だ」と言って乱暴に多霧を馬上に引っ張り上げた。

「侘桔姉さま。まだ敵がいるよ」

夷月が言う。

「うん」

侘桔は多霧の後ろで懐《ふところ》から柿の実くらいの大きさの丸い陶器を取りだした。

夷月は馬を近寄らせて真鍮の器を出して蓋を開けた。中には石綿が敷き詰められ、炭の欠片《かけら》が置かれていた。夷月はそれに息を吹きかけて火を熾《おこ》す。

侘桔は手を伸ばし、陶器の玉から飛び出した短い紐を炭火に押しつける。紐はすぐに火花を散らして燃え始めた。

「焙烙玉《ほうろくだま》だよ！」

侘桔は口の脇に掌を立てて、駆け寄せる捕り方たちに叫んだ。

焙烙玉とは、現代で言うところの手榴弾である。素焼きの器に火薬と鉄片などを仕込んだもので、殺傷力が高い。

侘桔は大きく振りかぶり、空高く焙烙玉を投げた。

捕り方たちは焙烙玉の行方を目で追いながら逃げまどう。

ぱんっ、と音を立てて焙烙玉は空中で炸裂した。陶器の破片が捕り方たちに降り注ぐ。

侘桔の焙烙玉の中に鉄片は仕込まれていなかった。

しかし、陶器の破片とはいえ、炸裂の勢いと共に降ってくるから、捕り方たちに浅い傷を与えた。

悲鳴を上げながら捕り方たちは四方に散った。

「もう一発行くよ!」

と叫んで、夷月の炭火から焙烙玉に火をつける。

それを見た捕り方たちは「散れ! 散れ!」と叫び、ばらばらの方向に逃げる。

「散らばったって、運の悪い奴は当たるんだよ!」

侘桔が焙烙玉を投げると同時に、夷月が「多霧姉さまあたしについてきて!」と言い、馬を走らせた。

多霧は馬の鬣《たてがみ》をしっかりと摑み、その腹を踵で蹴る。

二頭の馬は全速力で東の山に向かって走った。

＊　＊

多霧、侘桔、夷月は山道の途中で馬を捨て、徒歩で深い森の中に分け入った。

尾根を辿り谷を渡る。

「もうすぐだよ」

侘桔は目の前に現れた崖《がけ》をするすると登った。多霧と夷月も、侘桔の使ったわずかな手掛かり足掛かりを頼りに崖を登攀《とうはん》する。

登りきると目の前に木の柵が現れた。

その向こう側に広場が広がり、丸太で組んだ頑丈そうな建物が一つ。踏鞴場や鍛冶場、厨、会所などの茅葺きの建物が幾つか並んでいた。

侘桔は指笛を吹いた。

丸太の建物の上に秀郷が姿を現して大きく手を振った。

「親父どの！　山野領に踏鞴場など作ってどういうつもりだ！」

多霧は大声で訊いた。

「ここは梁山泊《りょうざんぱく》ぞ！　我らは悪い為政者と戦う英雄だ！」

秀郷はからからと笑った。

七

雲母の早苗の右腕の傷は、驚くべき速さで回復していた。すでに皮膚の再生が終わり、サラシで保護しなくとも擦れて痛むということはなくなっていた。

さらに早苗は、肘から下が少し伸びているような気がしていた。

斬り落とされた腕が元に戻るはずもないから、早苗は肉が盛り上がっているのだろうと思った。

隻腕の不自由さはあったが、普通の生活ができるようになったので、橘衆が入り込んでいないかを調べるため、早苗は町に出た。

耳欠けの権六が失態を犯したと聞こえてきたのは昨日。権六は戸板で運ばれ、未だ昏睡の中にある。

連中は焙烙玉まで使ったという。しかし、怪我人は出たが、死人は出なかった――。

小娘らはこちらを甘く見ているのか。

それとも、人を殺すことに怖じ気づいているのか――。

いずれにしろ、こちらを殺す気で立ち向かって来ないのならば、勝機はこちらにある。

小娘らは山の方角に逃げたというが、そう見せておいて城下に潜み、なにかを仕掛ける算段をしているに違いない。

早苗はそう考えていた。

町人地の道をぶらぶらと歩きながら、鋭い視線を行き交う人々に向ける。

物陰に隠れるような素早い動きは目の隅でも捕らえられるから、そういう人物を見かけた時は後を追って人相を確かめた。

しかし、顔を覚えている橘衆を見かけることはなかった。

だが、その日の夕刻。

早苗は思いがけぬ人物を見かけ、尾行を始めた。

御山組三番隊が山中で皆殺しにした踏鞴衆の生き残りの若者――、銑之介であったが、早苗はその名を知らない。

縞《しま》の着物を着て、綺麗に月代《さかやき》を剃り町人を装っていたが、確かに踏鞴衆のあの男である。

どこかへ逃げてしまったものと思っていたが、まだ山野に留まっているところをみると、御山屋敷に捕らえている無明衆を救い出そうとしているのかもしれない――。

銑之介は武家地への角を曲がった。

御山屋敷の様子を探りに行くのか――。

早苗は町角に身を隠しそっと覗く。

銑之介の姿がない。

早苗は慌てて武家地への道に駆け込んだ。

路地からにゅっと手が伸びて、早苗の右の二の腕を摑み、引き込んだ。

「なにするんだい！」

言った口が掌で塞がれた。

目の前に銑之介の顔があった。

銑之介の目は早苗の顔を見ず、握ったその右腕を見つめていた。肘から下が失われているので着物の袖がだらりと垂れている。

「そういうことか……」

銑之介は呟いて早苗に目を向けた。

なんの感情も宿さないその目に、早苗はぞくりと寒気を感じた。

「お前の上役に言うておけ。『兄を解き放たなければ、取り返しのつかないことになる』と」

「なんのことか分からないね」

早苗は銑之介の掌の下で、くぐもった声で言う。

「無明衆の秘密は人知を超えている。お前たちが小賢《こざか》しいことを考えようと、操りきれるものではない――」銑之介は言葉を切って少し考え、つけ足した。

「お前に兄への言伝《ことづて》を頼みたい。銑之介が、『少し話してやらなければ、ことは収まらぬ』と言っていたとな。必ず、お前が行って話せ。ほかの者では兄はなにも喋《しゃべ》らない」

早苗はなんと答えたらいいのか思いつかず、睨みつけるように銑之介を見ていた。

銑之介は早苗の腕を離し、背中を向けて路地の奥へ進む。不死者だからであろうか、その後ろ姿はまったくの無防備であった。

早苗は帯に隠した短刀を握ったが、それ以上の動きができなかった。

銑之介を刺し、動きを奪ってから御山屋敷に運ぶ――。無明衆を捕らえたとして称賛を受けるだろう。

だが、早苗は『兄を解き放たなければ、取り返しのつかないことになる』という銑之介の言葉に強い恐怖を感じ始めていた。

兄弟もろともに捕らえてしまえば、さらに恐ろしいことが起こるのではないか――。

そう感じたのである。

早苗は小さく「ちくしょう」と毒づいて小路を出た。

＊　＊

「――それで、銑之介とやらは見逃したのか」

伊折の義兵衛は苦々しい顔を早苗に向けた。

御山屋敷の敷地内にある義兵衛の家である。

「銑之介はまだ城下におります。捕らえよと仰せられるならば、いつでも見つけだします」早苗は言った。

「それよりもまず、どうしても口を開かなかったあの男になにか喋らせられるのなら、そちらの方が先と考えました」

「お前でなければ喋らぬというのはどういうことだ?」

「分かりません。しかし、銑之介はそう申しました」

「うむ——。少し待っておれ。林さまに伺いを立てて参る」

義兵衛は言って座敷を出ていった。

早苗は長く息を吐いて右の二の腕を撫でる。

しっかりと皮が張ったというのにむず痒さは消えていない。しかし、それは耐え難いというほどのものではなかった。

そして、肘から下は伸び続けている。

御殿医斉藤久庵の往診は続いていて、その伸びを『肉が増えているのだ』と言っていたが、強く押してみると肉の下に骨を感じた。

肉と共に骨も伸びている——。

もしかすると失った腕が再生しているのではないかとも思ったが、蜥蜴《とかげ》でもあるまいし——。

と、すぐに早苗は打ち消した。

そして――。

まるで無明衆じゃないか――。

と背筋を寒くした。

目隠しをされていたから、どのような施術をされたのかは分からないが、南蛮渡来の優れた方法を用いたのだろう。指先まで元に戻るとは思えないが、もしかすると手首くらいまでならば再生するかもしれない――。

義兵衛が座敷を出て半刻（約一時間）ほど経った頃、廊下に義兵衛の足音が聞こえた。

障子が開き、義兵衛は立ったまま早苗に言った。

「ついて参れ」

早苗は肯き、立ち上がった。

二人は義兵衛の家を出て、御山屋敷の母屋へ向かった。通用口から中に入り、屋敷の奥の人気のない廊下を進むと、突き当たりに御山組の当番が二人、左右を守る板戸があった。

当番の一人が板戸を開ける。

早苗と義兵衛は薄暗い板敷に入る。

板敷の中央に一畳ほどの穴があり、そこから明かりが漏れていた。

穴の中は石組みで作られた地下へ続く階段であった。

二人は石段を下りる。壁には所々に蠟燭が灯されていた。

下りた先は広い石室《いしむろ》であった。何カ所にも燭台が置かれ、揺れる光に照らされたそこには斉藤久庵と、身なりのいい二人の男が立っていた。

一人は林堂之助。

もう一人は、筆頭家老の三鷹利誠《みたかとしなり》であった。

半白の髪を綺麗に結った男がちらりと二人に顔を向ける。

義兵衛と早苗はその場に片膝を折って頭を下げた。

「お前が雲母の早苗か」利誠が言う。

「すぐに伝言を伝えてやれ」

利誠が顎で正面の壁を差した。

石室の壁に、下穿き一つの男が立っている。両腕は真横に開いて、手首を鉄の輪で吊られていた。

髪も髭も長く伸び、痩せた体に肋《あばら》が浮いていた。

早苗は何度かこの男の拷問を手伝ったことがあった。いくら痛めつけても、男は唸り声以外、一言も言葉を発しなかった。

早苗は男の前に立った。

男が顔を上げる。まだ二十代であろうか。乱れた髪の間から、澄んだ目が早苗の右腕に向き、次いでその顔を見つめた。

「異国《とつくに》の聖《ひじり》が弟子に食い物を渡してこう言うたそうな――」

柔らかい声音で男が言った。

ここに連れてこられてから初めて聞く男の言葉に、三鷹利誠と林堂之助、義兵衛、久庵は驚き、思わず正面の壁に歩み寄る。

「本当に早苗の前で口を開きましたな」

義兵衛が小声で言った。

利誠、堂之助、久庵は黙ったまま肯く。

男はちらりと義兵衛たちに目を向けて続けた。

「これは汝らに与える我の体である――。それから葡萄《ぶどう》の酒を満たした杯を掲げて、これは汝らのために流す我が血であると。お前を見て、この故事を思い出した」

「意味が分からないよ……」

早苗は一歩後ずさった。

「この故事の本歌取りをしたわけではあるまいが、お前はわたしの肉を体に入れ、わたしの血を飲んだ。お前を見てすぐに分かった」

早苗は口元を抑えて目を見開いた。

急激な傷の治癒の理由が分かった。

自分の体に他人の肉が埋め込まれた。そのようなおぞましいことが行われたのか――。

早苗は吐き気を感じると共に、戦慄《せんりつ》を覚えた。

しかし、同時に希望が沸き上がった。

もしかすると、本当に右腕が元に戻るかもしれない――。

「早苗というたか」男が言う。

「わたしは無明兼高《かねたか》という。気の毒にのう。もはやお前は人ではない。しかし無明衆でもない」

人ではない――。

早苗は心の臓を摑まれたような衝撃を覚え、唇を震わせた。

「お前は切支丹《きりしたん》か？」

久庵が上擦《うわず》った声で言った。

「ほう。聖の話は切支丹の故事であったか。だいぶ前に聞いた話だったが、そういえば長崎で聞いた気もする。織田何某《おだなにがし》が、京の寺で返《かえ》り忠《ちゅう》（裏切り）される前の話だ」

織田信長が本能寺において明智光秀に討たれる以前にキリストの故事を長崎で聞いたというのである。

「それで、今日は雁首《がんくび》を揃えてどうした？　この女の前でわたしが口を開くと言ったのは誰だ？」

無明兼高は一同を見回す。

「あんたの弟、銑之介だよ」

早苗が掠《かす》れた声で答えた。人ではないと言われた衝撃はまだ去らない。

「銑之介が来たか――。わたしの時と同じように、歩き筋踏鞴衆を皆殺しにして見つけたか？　それで、銑之介はどこだ？　捕らえたのではないのか？」

「逃げられたよ――」

答えながら、早苗の頭の中には幾つもの疑問が駆けめぐり始めた。

「そうか。それは迷惑をかけたな」

兼高は薄く笑った。

「銑之介は、あんたを解き放たなければ、取り返しのつかないことになると言った。そして、『少し話してやらなければ、ことは収まらぬ』。それから、あたしが来なければ、あんたはなにも喋らないとも言った」

「なるほど――」兼高はくすくすと笑う。

「わたしは元もとお喋りな質《たち》でな。お前たちの人柄がもう少しよければ、何でも話してやったのだが、箸にも棒にもかからぬ愚昧《ぐまい》な輩《やから》であったから、ずっと黙っておった――。なるほど、銑之介が少し話してやらなければならぬと申したか。わたしは取り返しがつかないことになろうと構わないのだがな。ことを収めようとも思っていなかったが、銑之介は優しいのう」

「取り返しのつかぬこととはなんだ？」

利誠が訊く。

「お前たちはなんのためわたしを捕らえた？」

兼高は利誠の問いに、問いで返す。

利誠は答えない。

「お前たちはわたしの体で色々なことを試した。その一つの結論が早苗だ。瞬く間に傷を癒やす方法をお前たちは手に入れたと思うておろう。また、お前たちはわたしに女を与え、子をなさせようとした。これは無明衆と同じ体を持つ者を増やそうとしたのであろうが、わたしの体の方が役立たずで、失敗した」兼高はくすくすと笑う。「役に立たぬも道理。獣と交わることを好む者もいると聞くが、わたしにはその気《け》はない」

「女たちを獣だと？」

義兵衛は兼高を睨む。

「違う、違う。お前たちすべてが無明衆から見れば獣よ。まぁ仮にわたしが女たちと交わったとしても子は生まれぬ。牛馬と人との間に子が生まれぬのと同じ道理――。まぁそれで、お前たちはわたしを使って無明衆と同じ体を持つ子を得ることを諦めた。それで、わたしを捕らえたのと同じ方法で無明衆を探していたようだな――。そこから考えられるお前たちの目的は二つ」

兼高は一同を見回した。

「一つは、不老不死を売り物とすること。山野は山がちの小藩。新田開発もままならず、豊かになるためにはなにか一つ大きな売り物が欲しい――。次の将軍は体が弱いと聞く。将軍家を相手の商売は、大きいな。今の将軍は本草学や蘭学にも強い興味を抱いているというから、無明衆の体もいい売り物となる。もっと豊かな知行地を得ることもできよう」

　利誠の表情が動いた。

　どうやら図星のようであった。

「もう一つは、将軍家にも知られたくない企み。不死の軍団を作ることではないか？　斬られても刺されても死なない兵は、少数で戦《いくさ》に勝つことが出来る」

「そのような大それたことを企むものか！」

　利誠は否定した。

「なるほど。本心のようだな。可能性はあっても、徳川に楯突く度胸はないか――ところで、無明衆のことは誰から聞いた？　この石室におっても、微かに鉄を溶かすにおいが漂ってくる。鉄を打つ音も聞いた。ここには踏鞴衆、鍛冶衆がおるようだから、そ奴らから聞いたか？」

「天野衆だ」

　義兵衛が答えた。

「余計なことを言うな」

　堂之助が鋭く言った。

「ああ、そうそう。そうであったな」兼高は何度も肯いた。

「長い間頭を使っておらぬから錆びついておるようだ。わたしを捕え、背中を叩き斬ったのは、確かに天野智麻呂――。元はといえば、同じ源を持つ歩き筋踏鞴衆の一派であったのだがな。我らと同じ体をもたなかったために、えらく無明衆を嫌っておる。天野衆は無明衆の話を売って、三鷹のお抱えになったか」

早苗が一歩前に出た。

「銑之介は、『無明衆の秘密は人知を超えている。お前たちが小賢しいことを考えようと、操りきれるものではない』と言った。あたしは斉藤久庵の手でその小賢しいことをされた。操りきれぬのであれば、あたしの体になにが起こる？」

「さてな。我らはそのようなことを試したことがないからなにが起こるかは分からぬ。お前の右腕にわたしの右腕が生えて来るやもしれぬし、右腕が勝手に動き出し、お前の体から千切れて逃げ出してしまうやもしれんなぁ」

兼高は楽しそうに言った。

早苗は青ざめて右腕を押さえる。むず痒さが強さを増した気がした。

「取り返しのつかぬこととはなんだ？」

利誠がもう一度訊く。

「その問いに答えるためには、無明衆の成り立ちから話さなければならん」

「言うてみよ。聞いてやる」

「昔々の話だ。天照大神《あまてらすおおみかみ》が天の岩屋戸にお隠れになった時、天の金山《かねやま》から鉄《くろがね》を採って鍛人《かぬち》の天津麻羅《あまつまら》と伊斯許理度売命《いしこりどめのみこと》に八咫鏡《やたのかがみ》を作らせた。その時に飛び散った火玉が流星になって地上に降り注いだ。我らの祖先は歩き筋踏鞴衆であったが、その群を成して落ちる流星を見た。流星が落ちた辺りに行ってみると、大きな鉄の塊があった——」

鉄の流星。現代で言う隕鉄《いんてつ》である。隕石の中でも鉄とニッケルを主成分としたものを隕鉄と呼ぶ。

「我らの祖先はその鉄の流星、神々の鉄を拾い集める旅をした。旅をつづけるうちに、恩寵《おんちょう》を得たのであろうか、一族は不老不死の体を得た」

「下らぬ昔話だ」

久庵が吐き捨てるように言う。

「まぁ聞け。長い旅の間には仲違《なかたが》いも起きる。まずは不老不死を得られなかった者たちが離れていった。次に不老不死に耐えられなくなった者たちが離れた」

「不老不死に耐えられなくなったとはどういうことだ？」

堂之助が訊いた。

「普通の人々と、普通の関係を築けないことに苦しさを覚えたのだ。普通の人々はあっという間に老いて死んでいく。普通の人々は不老不死を妬《ねた》み、憎むようになる。そして、最後まで神々の鉄を探し歩いていた者たちも姿を消した」

「つまり、なにが言いたい？」

　堂之助が苛立ったように顔を歪《ゆが》めた。

「無明衆には幾つもの傍流があるということだ。天野衆は最初に抜けた者たち。我らは不老不死に耐えられなくなった者たちの末裔《すえ》だ」

「最後まで神の鉄を探していた連中がいるということか」堂之助が言う。

「その連中が取り返しのつかないことをしに来るというのか？」

「銑之介の推当《おしあて》（推理）にすぎぬがな」

「最後まで神の鉄を探していた連中は、なぜ取り返しのつかぬことをする？」

「連中は、神々の力を受け継ぐのは自分たちだけだと信じている。小賢しい者たちが、それをいたずらに弄《もてあそ》ぶことを喜ばぬ。異国の故事に、こういうものもあった。人々が神に近づこうと、高い塔を建てた。神はそれに怒って塔を打ち壊した――」

「ならばなぜその者たちは人々を攻め滅ぼさぬ？　徳川を、諸大名を滅ぼして、その者たちの天下を作ればいいではないか」

利誠が言う。

「馬鹿馬鹿しい。天下を取ってなんになる。無明衆はお前たちのように強欲ではない。のんびりと日々を過ごせればそれでいい。わざわざ使いもしない洞窟に出かけ、竈《かまど》馬《うま》の群を根絶やしにしても意味はなかろう」

「人を虫けら同然と申すか」

利誠の顔が怒りで赤くなる。

「その虫けらが、自分たちに近づこうとすれば話は別。一匹残らず打ち殺す。もしかすると、虫けらどももいずれ自分たちに害をなすと思っているのかもしれんな。本流の無明衆は存外臆病者だ」

兼高は笑った。

「本流の無明衆はどこにいる？」

堂之助が訊く。

「知っていれば教えてやってもいいが、生憎《あいにく》と傍流の無明衆も、本流がどこにいるのか知らぬ――。もしかして、居場所を訊いて先に攻め滅ぼそうと思っているのか？」

兼高はわざとらしく驚いた顔をして見せた。

「不死の者をどうやって滅ぼす？」

「歩き筋踏鞴衆風情《ふぜい》、恐るるに足りず。お前と同様に捕らえて、永劫、石室に閉じ込めてくれる」堂之助が鼻で笑う。

「攻めてくると言うが、我らがお前を捕らえて様々な辿り（研究）をしていたことをどうやって知る？　無明衆であるお前の弟でさえ山野領に辿り着き、早苗から話を聞いてやっと知ったというのに」

「眉に唾をつけたくなる話だが、本流の無明衆は神出鬼没。日本《ひのもと》ばかりでなく、唐天《からてん》竺《じく》にまで歩いて旅する」

「馬鹿を申せ。唐天竺は海の向こうだ」

堂之助は嘲《あざけ》るように言う。

「地の底は地続きだ」

「地の底？」

利誠は怪訝な顔をする。

「本流は人穴《ひとあな》に住んでいるという話がある」

「人穴――。富士のか？」

堂之助が訊く。

富士の人穴とは、富士山麓にある溶岩洞窟のことである。奥行きは一町（約一一〇メートル）もないが、その奥にさらに洞窟は続き、相模国《さがみのくに》の江ノ島まで続いているという伝説もあった。

「違う違う」兼高は顔をしかめて首を振った。

「甲賀三郎《こうがさぶろう》の方だ」

「蓼科《たてしな》か――」

堂之助が呟く。

甲賀三郎とは、信濃国《しなののくに》の諏訪《すわ》に伝わる伝説上の人物である。

醍醐天皇の御代、神隠しにあった春日権守《かすがごんのかみ》の姫を探すため、東国三十三国を治める甲賀権守の三人の息子が旅に出た。太郎、二郎、三郎である。三人は信濃国の蓼科の人穴で姫を見つけるが、二人の兄の奸計《かんけい》で、三郎は人穴に取り残されてしまう。三郎は出口を求めて人穴を彷徨《さまよ》ううち、地底に存在する数十の国々を訪れる――。

「蓼科の人穴も、富士の人穴に繋がっておるやもしれんから、富士の人穴という答えもあながち間違いではないか」

兼高はにやりと笑う。

「人穴は唐天竺にまで続いているというのか？」

と堂之助。

「眉に唾をつけたくなる話と言うたろう。まぁ、その広大な穴の中に、本流の数万人が住んでいるらしい」

「数万――」

「左様。歩き筋踏鞴衆などせいぜい百人と思うたであろう？　本流の無明衆は不老不死であるがゆえであろう、なかなか子ができぬ。それは我らも同じでな。お前たちはわたしに女をあてごうたが、うまく交われたとしても子が生まれることはなかったであろうな――。まぁ、お前たちと同じように次々と子が生まれれば、今頃人穴は本流で溢れておろうな」

兼高は忍び笑いを漏らす。

「馬鹿馬鹿しい」言った堂之助の顔はしかし、青ざめていた。

「暗黒の地底では作物が育つまい。人もまた、日の当たらぬ所に住んでおれば病にかかる」

「おいおい。無明衆は不老不死だ。暗黒の中でも病にはならぬ。もっとも、人穴には随所に光採りの穴があって、その下で作物や牛馬を育てているという話だがな」

「そんな穴があればすぐに分かる」

「世の中に人跡未踏の山が幾つあると思う？　光採りの穴はそういう所にあるのさ。

たまたま深い森に迷い込んだ樵《きこり》や狩人《かりゅうど》がそういう穴を見つけ、人穴の伝説が生まれる」

兼高は言葉を切って一同を見回す。

「地の底には鉄がある。鉄ばかりでなく金も銀もある。諸大名の誰よりも、将軍家よりも大金持ちだ。そして質《たち》の悪いことに不老不死ときている。本流はなんでもできる」

「その本流の無明衆に、銑之介とやらが御注進するのか？」

利誠は表情を強張らせる。

「銑之介が知らせるつもりなら、お前たちに警告はしない。だいいち、本流がどこにいるのか誰も知らぬと言うたであろう。蓼科の人穴に住むというのは伝説だ。頭が悪いのう。だが本流は確かに存在しているし、我らよりもさらに人知を超えている。千里眼のような力を持っていたとしてもわたしは驚かぬな」

「持っていたとしても驚かぬ？」堂之助が言う。

「お前はその連中を知らぬのか？」

「会うたことはない。我らとは別の道を進む者たちだからな」

「あんたを銑之介に渡せば、そいつらは攻め込んで来ないのかい？」

早苗が訊く。

「お前もだ」兼高は早苗に顔を向ける。

「わたしの肉を体に取り込んだお前も、もう人の世に住んではならぬ――。連中はそう思うであろうな」

兼高の言葉に、早苗は左手で右腕を押さえ、後ずさった。

考えがまとまらない。

無明衆の肉が自分の体の中に入った。そのために、自分は人ではなくなったというが、そういう実感はない。傷痕のむず痒さがあるばかりである。

しかし、もう自分は人の世に住んではならないと言う――。

理不尽だ――。

「人に神々の考えは分からぬ。あの連中は人の中でもっとも神々に近い。その考えは分からぬ」

兼高が言う。

「神なら人の味方であろうが」

堂之助が言った。

「愚かな」兼高は笑う。

「神々は人の味方などせぬ。お前は神社への参り方を知っているか？　二礼二拍手一礼して、願い事を言うておるか？」

「当たり前のことであろう」

「それが間違いだ。神々に願い事などしてはならぬ。人はただ手を合わせ、感謝するのが本当の参り方だ。神々は人の願いなど聞かぬ。人は、ただひたすらに、日々平穏に過ごせたことを、災いに遭わなかったことを感謝するだけなのだ。その感謝も、神々には届かぬであろうがな。異国の神は妬む神だとも聞く。神とは元もとそういうものだ」

「馬鹿馬鹿しい――」

利誠は兼高を睨んで首を振る。

「久々に声を出したのが嬉しくて喋りすぎたな」兼高は自嘲の笑みを浮かべた。

「さぁ、上に戻ってどうするのがよいか話し合え。わたしは少し休む」

と兼高はゆっくりと目を閉じた。

「ちょっと待て」堂之助は兼高に歩み寄る。

「今まで口を開かなかったくせに弟の進言で話をし出す――。なにやら謀《はかりごと》のにおいがする」

「言うても分かるまい」兼高は目を閉じたまま答えた。

「今まで口を開かなかったのは、面倒だったからだ」

「面倒？」

「お前たちはわたしの体の秘密を探るために、わたしを打ち据え、斬り裂き、肉を切り取り、血を絞り出した。やめてくれと言うてもやめまい。そして、わたしにとって、痛みはほんの一時《ひととき》のもの。傷によって死ぬことはない。お前たちがやったことで、お前たちが知ることが出来るのは、わたしが傷ついても死なぬという、わたしにとってはまったく当たり前のことだけだ。それにつき合うのは面倒だった——。口を開いたのは銑之介の伝言を聞いたからではない。お前たちが方法を変えたからだ。わたしは弟ほど優しくはないが、わたしの体の秘密を利用するのは危険だということは知らせてやろうと思った。それだけのことで、謀を巡らせようとは思っておらぬ」

　兼高は目を開けて一同を見回す。

「わたしをここから解き放てば、連中に口添えしてやらんでもないが、お前たちは面子のために連中と戦うことの方を選ぶだろう。遠からず滅ぼされる。そうなれば、わたしは連中の手でここから出してもらえるだろう」

「地の底の穴に数万が住んでいるなど、どうせ嘘に決まっている。それに攻めて来たところで、歩き筋踏鞴衆の軍備などたかが知れている。三鷹を甘く見るな。城下に入ることとさえさせぬわ。鉄砲を撃ちまくり、全員を肉片にしてくれる。粉々になれば、いくら無明衆とて生き返ることは叶うまい」

「では、わたしを粉々にしてみるか？」兼高はにやりと笑う。

「数百、数千のわたしが生まれてしまうやもしれぬぞ。それが怖くて、今までそれをわたしに試さなかったのはお見通しだ」

と兼高は顔を強張らせている久庵を見た。

「黙れ！」

堂之助が怒鳴る。

「お前たちが勝つことは万が一にもない。だが、連中が襲撃しないということならばあり得る。その場合、わたしは石室に捕らわれたままになろうな。しかし、わたしは死なぬ。老いさらばえたお前たちはたびたびここを訪れるだろう。しかしある日ぱったりと顔を見せなくなる。わたしが見張りに問うと、年老いて死んだと答える——。わたしとお前たちとの戦いもまた、お前たちに勝ち目はない。わたしはなにもせずにお前たちに勝つのだ。たった数十年、ここで骨休めしているだけでな」

利誠と堂之助、久庵、義兵衛は歯がみをして兼高を睨みつけた。

利誠がくるりと後ろを向き、石段に向かって歩き出す。堂之助たちは後に続いた。

早苗は石段を上っていく者たちをちらりと横目で見て、兼高に歩み寄る。

「あたしはどうなるんだい？　右腕は元通りになるのかい？　あんたたちのように不老不死になるのかい？」

「試したことがないから知らぬと言うたであろう」兼高は面倒くさそうに言う。

「だが、その成り行きには興味がないでもない。時々ここに来て経過を知らせろ」

兼高は再び目を閉じた。

「ねぇ――」

と早苗は声をかけたが、兼高は返事をせず目も開けなかった。

早苗は唇を噛んで、男たちの後を追い、石段を駆け上った。

八

石室を出た三鷹利誠《みたかとしなり》は、林堂之助《はやしどうのすけ》と伊折《いおり》の義兵衛《ぎへえ》、雲母《きら》の早苗《さなえ》に用を言いつけて、独り御山屋敷の敷地内にある天野衆の踏鞴場へ向かった。

＊　＊

利誠は、勘定方の下級武士の家に生まれたが、才覚を買われて藩主の親戚の家に養子として入り、先代藩主の小姓を経て筆頭家老にまで上り詰めた。

三鷹は貧しい藩であり、筆頭家老ではあっても、贅沢な暮らしは望めなかった。人の欲というものは際限ない。

小国の家老で終わりたくはないと感じるようになった。江戸家老を勤めていた時、田沼意次《たぬまおきつぐ》と知り合い、歩き筋踏鞴衆の天野衆を召し抱えるよう勧められた。

天野衆は質のいい鋼を作る者たちで、優秀な鍛冶衆も抱えている。優れた刀剣を三鷹の名産にすれば、売却先も紹介すると持ちかけられたのである。

利誠が国許《くにもと》に戻ると、すぐに白髪白髯《はくぜん》の仙人のような風貌の天野智麻呂《あまのともまろ》が率いる天野衆が意次の紹介状を持って屋敷を訪れた。

社交辞令と思っていたのに強引に天野衆を送りつけて来たことに少し腹を立てた。しかし天野衆が献上した陣太刀の素晴らしさに、利誠はいたく感動し、御山屋敷に住むことを許したのであった。

天野衆が御山屋敷に踏鞴場と鍛冶場を建てて二月《ふたつき》ほど経った頃、『面白いものをお見せしたい』と智麻呂からの使いが来た。

御山屋敷に行くと、一人の男が縛り上げられて裏庭に座らされていた。

利誠が着くと、智麻呂はすらりと刀を抜き、男の背中を一刀のもとに切り裂き、とどめに心の臓に切っ先を突き立てた。

驚いて声もない利誠を、智麻呂は男の死骸の側に引っ張って行った。

利誠が『なんということをする！』と言うと智麻呂は『黙ってしばらくご覧なさいませ』と答えた。有無を言わさぬ迫力に、利誠は男の死骸を見下ろしていた。

小半刻（約三〇分）ほど経った頃、利誠は死骸に信じられない変化が起きていることに気づいた。

ぱっくりと割れた背中の傷に、肉芽が盛り上がっているのである。

『これは……』と利誠が呟くと、天野衆の一人が死骸に水をかけた。

血が流れ落ち、治癒しかけている傷が鮮明に見えた。

数人の天野衆がついさっきまで確かに死んでいた男を抱え上げた。

男は呻き声を上げた。

その男が、石室に繋がれている無明《むみょう》兼高《かねたか》であった。

『この男は不老不死でございます。その秘密、探ってみとうございませぬか？』と智麻呂は利誠に囁いた。

『公方さまは、ご子息のお体を大層心配して御座《おわ》します。不老不死の秘密が分かれば、万能の薬を作ることも出来ましょう。また、公方さまは、蘭学や本草学にも興味を持たれて御座します。不老不死の者を献上なされば、象を献上するよりも覚えが目出度くなるのではと――』

三鷹家が知行を増やしてもらえる好機――。いや、利誠自身が知行を拝領し大名の列に加わることも夢ではないと、智麻呂は続けた。

利誠は智麻呂の言葉に野望を抱いた。

いかにして無明衆を捕らえるかについては、智麻呂が御山組に伝授した。

以後、天野衆は踏鞴仕事、鍛冶仕事に専念し、無明衆の探索は御山組が務めたのだが――。

＊　＊

「これは、ご家老さま。お一人でお出でとは珍しい」

天野智麻呂は、突然自宅の土間に駆け込んできた利誠を見て、板敷の囲炉裏の向こうで笑みを浮かべた。

「お前たちは、無明衆の傍流だそうだな」

利誠は板敷に上がり込む。

智麻呂は上座を空けて、囲炉裏を挟み、利誠と向かい合う。

「あの男がなにか喋りましたか」

　智麻呂は、感情を表さぬ顔を利誠に向ける。

「喋った。だからここに来た――。なぜ無明衆を売るようなことをした？　不老不死の体を持てなかった恨みか？」

「傍流と申しましても、遥かな昔に枝分かれいたしました。恨みもなにもございませぬよ。だから飯のタネにしたまででございます――。それで、あの男はそのほかになにを喋りました？」

「あの男の名は兼高《かねたか》。銑之介《せんのすけ》という弟がいる。その銑之介は、先日、御山衆が取り逃がした男だ」

「ああ。無明衆を取り逃がした話は聞こえておりました」

「お前たち、なぜ無明衆の探索と捕縛を御山組に任せた？」

「それをお決めになったのはご家老さまでございましょう」

「お前たちが踏鞴と鍛冶に専念したいと申したからだ。しかし、兼高を捕らえた時にはあの男が潜り込んでいた歩き筋踏鞴衆を皆殺しにしておろう。ならば、武芸にも秀でているはずだ」

「確かに、多少の心得はございますが、わざわざ血腥《ちなまぐさ》い仕事はしとうございませぬ。

我らが楽に食うていくためには、利誠さまにもっと出世して頂かなければなりませぬからな。だから致し方なく一度だけ、刃を振るいました」

「無明衆の血族は、怠け者ばかりのようだな」

利誠は舌打ちをした。

「兼高とやらはそんなことも申しましたか」

智麻呂は笑ったが、目は冷めていた。

「我らに関わるのが面倒だから今まで口を開かなかったそうだ」

「それがなぜ口を開いたので？」

「斉藤久庵が御山組の女の傷を、兼高の肉と血を使って治療したからだ」

「ほぉ——」

智麻呂の表情が初めて動いた。

「無明衆の本流が、それを気に食わぬと攻めてくると申した」

「無明衆の本流——。初耳でございますな」

智麻呂は身を乗り出した。

「最後まで神々の鉄を探し歩いた一族だと申した。そやつらが、神のみ業《わざ》を使おうとする者を滅ぼしに来るとな」

「それは、剣呑《けんのん》でございますな……」

智麻呂は眉根を寄せる。

「武芸の心得があるのならば、城の守りを手伝え」

利誠は、無明兼高の言葉をそのまま信じてはいなかったものの、不安は感じていた。

だが、無明衆の件は参勤で江戸にいる藩主の三鷹長経《ながよし》は知らない。兵を動かすには、使いを出して子細を話さなければならない。しかし、それはできない。あらかじめ兵を動かせなければ初動が遅れる。

たかが歩き筋踏鞴衆。三鷹家中との武力の差は歴然としていようが、相手は不老不死。それも、兼高らの一族よりも力は上という。

傷の治癒や蘇生の速度も速かろう。

撃っても突いても斬っても死なぬ者たちを相手にすれば、兵も動揺する。軍に動揺が走れば、無勢が多勢を打ち破るということも充分あり得る。

それで天野衆を使うことを思い立ったのである。まずは、自分の身は守らなければならない。

もし本流の無明衆が強ければ、降伏して交渉をする。田沼意次の力を利用し、公儀を引っ張り出すこともできよう――。

「なるほど」智麻呂は肯いた。

「ご家老をお守りいたしましょう」

智麻呂は頭を下げ、上目遣いに利誠を見た。

利誠は腹の内を読まれたような気がしてどきりとした。

第三章

一

筆頭家老三鷹利誠《みたかとしなり》に言いつけられた用事を済ませた伊折《いおり》の義兵衛《ぎへえ》は、御山《おやま》屋敷の敷地内に建つ自分の家に歩いていた。

「お頭《かしら》――」

声に振り返ると頭から左耳にかけて黒い布を巻いた男、耳欠けの権六《ごんろく》が駆け込んできた。その後ろに権六の手下が一人従っていた。

権六は、橘衆《たちばなしゅう》の村下《むなげ》の娘を逃がした失態を挽回するため、山中を駆け回っていたはずであった。

「見つけたか？」

義兵衛は足を止めて訊いた。

「おそらく――」

権六は義兵衛の前に片膝をついて答えた。

「おそらくとはどういうことだ？」

「橘衆が、三鷹領の山中に踏鞴場《たたらば》を築きましてございます。娘らはおそらくその中に」

「なに？」

義兵衛は眉をひそめる。

「昨夜、預かっておりました足軽が、山中に光を見つけまして。様子を窺いに行ってみると、橘衆が甑《こしき》に火を入れておりました」

「わざわざ山野領の山に踏鞴場を建てたと？」

「土瀝青《どれきせい》を燃やすにおいがいたしました。燃料が容易《たやす》く手に入るからということではなかろうかと。丸太で砦のような建物を建て、周りに柵を巡らせておりました」

「ならば、攻めてこいと挑発しているのだな」

「歩《ある》き筋《すじ》踏鞴衆がそのようなことを考えましょうか」

「大切な仲間を殺されたのだ。仇をとりたかろう。しかし、城下に攻めたのでは、御山組ばかりではなく、三鷹家中の侍たちも相手にすることになると考えたのだろう。山中におびき寄せ、一矢報いようという魂胆なのだ。このような時に面倒な――」

「このような時に――？　なにかございましたか？」

「無明《むみょう》衆らが攻めて来るやもしれん」

「無明衆は、ほかの歩き筋踏鞴衆に交じってひっそりと生きているのでは？」

「別の一派があるらしい――。しかたがない。そちらはご家老にお任せして、我らは橘衆を殲滅《せんめつ》いたそう」

「それでは、戦の整えを」

　と立ち上がろうとする権六を義兵衛は止めた。

「まて。三番隊は御山屋敷に留まってもらう。石室《いしむろ》の男の弟が、城下に潜んでいる。あの踏鞴場の生き残りだ」

「なるほど、兄を取り戻しに来るやもしれぬということでございますか」

「そうだ。捕らえることができれば、無明衆二人を手中にすることになる。お前は一度山に戻り、橘衆の踏鞴場を見張れ。おれは安兵衛《やすべえ》に屋敷の守りを命じた後、ほかの隊を引き連れて山へ入る。おれと入れ替わりにお前は屋敷に戻るのだ」

　安兵衛とは安角《あずみ》の安兵衛。御山組三番隊隊長である。橘衆との戦いで隊員を減らしてしまったために、増員の手配をしている最中であった。

「承知いたしました」

権六は肯くと、後ろに控えた手下に「お前は道案内を」と言い、立ち上がって門を飛び出した。

義兵衛は権六の後ろ姿を見ながら腕組みをする。

神々の鉄の昔話などとうてい信じられるものではなかった。しかし、無明衆の不死についてはこの目で見ている。本能寺の変より前に切支丹の肉と血の話を聞いたというのも、もしかしたら本当のことかもしれない。

だとすれば、人の中でもっとも神に近い無明衆が攻めてくるというのも――。

それが、我らが山の中にいる時であれば好都合なのだがな――。

権六の手下が側にいるので、義兵衛は心の中で呟いた。

得体の知れない者たちと戦うより、歩き筋踏鞴衆と戦う方がよほど気が楽であった。

義兵衛は踵《きびす》を返して母屋へ向かった。権六の手下は少し離れてその後ろに従った。

＊　　＊

「しかし親父どの――」

丸太の砦の広間で、秀綱《ひでつな》が言う。

砦は二階建てほどの高さがあったが中は吹き抜け。壁に窓はなく、燈台が幾本か灯火を揺らしている。床は土間。広間の隅に四角い穴があった。

屋上で歩哨《ほしょう》に立つ数名を除き、新たに仲間に加えた蝦夷《えみし》系の歩き筋踏鞴衆も含め、五十人の老若男女が筵《むしろ》に座っていた。多霧《たぎり》、侘桔《たきつ》、夷月《いつき》もその中に交じっていた。

新しい仲間たちは、いずれも威張り腐った侍が大嫌いな者たちであった。橘衆の使者から『三鷹相手の喧嘩の助っ人が欲しい』と聞き、駆けつけたのである。

「三鷹の全軍が押し寄せて来たら、こんな砦などひとたまりもないぞ」

「向こうもそう侮って、全軍では来ぬ。まぁ鉄砲を持った御山組の者らが来る程度であろうよ」

秀郷《ひでさと》は小指で耳の穴をほじった。

「御山組は一番隊から十番隊まで――」多霧が言う。

「一隊十二、三人だから百三十人前後だ」

「いや。戦いで少し減らしてやったから、百人から百十人ってところだろう」

鎬《しのぎ》の瓢太《ひょうた》が言い、錣《しころ》の鐵《てつ》と草摺《くさずり》の勘介《かんすけ》が肯き合う。

「五十対百十か――」

新しく仲間に入った胆沢《いさわ》の丹吉《にきち》が言った。癖《くせ》っ毛《け》の髪を茶筅に結った筋骨逞《たくま》しい男で、山賊のような髭面である。

「分が悪いな」

「仕掛けも兵略《ひょうりゃく》も考えてある」秀郷は言う。

「この喧嘩に勝たなくともよい。三鷹の連中に吠え面をかかせてやれれば十分」

「いや――」多霧が目をぎらつかせて言う。

「雲母《きら》の早苗《さなえ》という女は必ず討ちたい。母《かか》さまの仇だ」

「それから、橘衆を襲わせた御山組の頭、伊折の義兵衛」

と侘桔が言った。

「城でのほほんとしている連中にも一泡吹かせたい」

夷月が言うと、秀郷はしかめっ面をした。

「そう欲張るでない」

「ならば、あたしたち姉妹で城下に乗り込む」

多霧が言うと、広間の一同はざわついた。

「そんな無謀な」

「いけないよ、そんなことは」

と女たちが口々に言う。

「雲母の早苗は、母《かか》さまにその右腕を斬り落とされた」多霧が言う。

「深手だから、まだ御山屋敷で養生しているだろう。ここへの攻手《せめて》には入っていない。ここにいても仇は討てない」

「うむ……」

秀綱が腕組みして肯く。

女たちは心配そうな顔をしながらも口を閉じた。

「橘衆が御山組を滅ぼしたところで三鷹家中は屁とも思わんだろうが――」秀綱が言う。

「歩き筋踏鞴衆の意地は見せておかなければならん。歩き筋踏鞴衆に城下にまで入り込まれ、御山屋敷が焼き打ちにあえば、三鷹の面目は丸潰れだろうな――。のう、親父どの」

「うむ……」

「幸い、他の歩き筋踏鞴衆から手練《てだ》れが助っ人に来てくれた。多霧たちに瓢太と鐵、勘介をつけて城下へ出してはどうだ？　おれも母さまの仇は討ちたい」

「分かった」秀郷は溜息交じりに言い、多霧たちを見る。

「御山組の頭、伊折の義兵衛はこちらに来ようから、お前たちは雲母の早苗とやらを討ったならば、すぐに出羽《でわ》の橘屋《たちばなや》兜太《とうた》の元へ向かえ。こちらの始末がついたら我らも合流する」

「承知」

多霧が言うと、侘桔、夷月も真剣な顔で肯く。

「ただし、形勢が不利になったならば、すぐに逃げるのだぞ」秀綱が言う。

「お前たちになにかあったなら、母さまも秀道も安心して神上《かみあ》がりできん」

「それも承知だ」

多霧は言った。

「よし。それでは今から戦評定《いくさひょうじょう》（作戦会議）をするから、それを聞いて行け。こちらの動きを頭にいれた上で、お前たちの兵略を立てよ」

秀郷は脇に置いてあった砦周辺の絵図を開き、壁に棒手裏剣でとめた。秀道が死んだ戦いで御山組が使った棒手裏剣であった。

絵図にはいくつも朱書きがあった。罠や橘衆の手勢の配置であった。

二

御山組の三番隊を除いた九隊百八人は、装備を調えて橘衆の砦に向かい出立した。先頭の道案内は耳欠けの権六の手下である。

鉄砲隊二十人、槍隊二十人、弓隊二十人、歩行《かち》は四十八人。御山屋敷から行列を作って出ていく御山組の物々しい様子を、城下の人々は何事かと怯えた顔で見送った。

＊　＊

戦いのために七人にまで減ってしまった三番隊は、足軽から五人の増員があり、十二人で御山屋敷を守った。

＊　＊

利誠の屋敷を五十人ほどの見慣れぬ侍が訪れ、庭や座敷に配置された。主の利誠からは『詮索せぬように。他言せぬように』と命じられていたので、家臣も小者たちも見て見ぬふりをした。

＊　＊

山を下りた多霧、侘枯、夷月は、多霧が寝泊まりしていた破寺《やれでら》へ向かった。鎬の瓢太、錣の鐵、草摺の勘介は夕刻に御山屋敷で三姉妹に落ち合うことを決めて、情報収集のために城下へ走った。

扉は開けっ放しになり、行李は掻き回されて着物が散乱していたが、幸い、埃を払えば着られる状態であった。

三人は、町娘の扮装に着替えて、草色の麻の小袖と山刀を風呂敷に包み、町に出た。

御山屋敷の前を何気ない様子で通り過ぎ、中の様子を窺った。

屋敷は静まりかえっていた。踏鞴場の鉄を溶かすにおいも、鍛冶場の鎚の音もしない。

「もう出陣したのかもしれない――」多霧は二人の妹を振り返る。

「ちょっと茶店に寄っていくよ」

「うん。ちょうど小腹が減ったところだった」

侘桔が言う。

「多霧姉《あね》さま。そんなにのんびりしてていいの？」

夷月が不満そうな顔をする。

「顔見知りの小女がいるんだ。店からは御山屋敷の門が見えるから、なにか知っているかもしれない」

多霧は茶店に向かって歩く。

「そんなことは瓢太たちが調べてるわよ」

「仇が屋敷にいるのか、山に向かったのか、早く知りたいんだよ」

多霧は城下に潜入してから何度か寄った茶店に入った。

「あら、おきりちゃん」

小女のさきがお盆を胸に抱いて小走りに近寄り、侘桔と夷月を見る。

「妹さん?」

「そう。きつとつき」

多霧が言うと、侘桔と夷月は微笑を浮かべ、「よろしく」とお辞儀した。

「いいわねぇ。三姉妹とも別嬪さんで」さきは頬を膨らませる。

「引く手あまたでしょ?　あたしなんか、オヘチャだから、洟《はな》もひっかけられないのよ」

「そんなことないわよ」多霧は床几《しょうぎ》に座りながら言う。

「おさきちゃん、かわいいもの──。ところで、今、御山屋敷の前を通りかかったんだけど、いやに静かだったわ」

「あら。また近寄ったの?」

さきは眉をひそめた。

「うん。ちょっと御山屋敷の先に用があったのよ」

「昼少し前にね、御山組のお役人さんたち、なんだか物々しい格好をして出ていったのよ」

「みんな出払ってるの？　不用心ね」

「みんなじゃないって。御山組は一番隊から十番隊まであるんだけど、三番隊がお留守番なんだって」

「へぇ。九つの隊が出ていったのかい。何人くらい？」

「百人くらいかな」

「とすると、一つの隊が十人と少し。御山屋敷のお留守番もそのくらいってことね」

夷月が言った。

「あら。算盤《そろばん》が速いわね」さきが驚いたように言う。

「あたしなんか、おつりの計算も遅くてよく叱られるのよ」

「物々しい格好って、戦《いくさ》でもするような？」

侘桔が訊いた。

「ええ。鉄砲とか槍とか担いで。なんでも山賊が出たってことで、その討伐なんだって」

「山賊が……。おお、怖い」

夷月が体を震わせた。

「ああ、お喋りばかりじゃ商売にならないわね。お団子とお茶をくださいな」

「まいどありぃ」

さきはにっこりとして台所へ向かう。

その時、御山屋敷の門から若い女が出てきたのが見えた。粋な縞の着物の右袖がぶらりと垂れ下がっている。

「雲母の早苗だ――」

多霧が囁く。

「腕を失う深手だってのに、もう動き回ってるのかい」

侘桔は驚きの表情を浮かべる。

「あたしが追う」

夷月が床几を立って早苗を追った。

さきが盆に三人分の団子と茶を載せて戻ってきた。

「あれ？　おつきちゃんは？」

「用事を思い出したのよ。ほんとにおっちょこちょいで」

多霧が言う。

「つきのお団子はあたしが食べちまうから大丈夫」

侘桔がさきの盆の上から団子の皿を取った。

＊　＊

耳欠けの権六は、橘衆の砦近くに潜み、様子を窺っていた。前の踏鞴場とは違って出入り口は一つ。一人で監視する権六にとっては好都合だったが、周辺の偵察は思うに任せなかった。

橘衆たちはいずれも草色の麻の小袖。腰紐の背中側に籐巻きの山刀を差している。柵の外を警戒するふうでもなく、踏鞴仕事や鍛冶仕事をしている。辺りには、溶けた鉄のにおいや土瀝青を燃やすにおいが強烈に漂い、鉄を打つ鎚音が喧《かまびす》しい。

これでは鼻が馬鹿になってしまう――。

そう思った権六はぞっとした。

打ち下ろす鎚の音で足音が消される。

橘衆は無数の継ぎ当てをした草色の小袖。周囲の木の葉、雑草に紛れてしまう。

ただでさえ、橘衆の踏鞴場を監視するのは骨が折れるのに――。

前回踏鞴場を監視した時に、頼りになったのはただ一つ。

においである。

熱せられた鉄のにおいの向こう側に人の匂いをかぎとることで、接近を察知した。

もっとも、あのときには橘衆が密かに接近して攻撃を仕掛けるということはなかったから、もっぱら近づいてくる仲間の存在に気づくだけだったが——。

今回は土瀝青のにおいもあるから、鼻をやられて、ほかのにおいを感じ取れない。これでは近づく者の体臭を嗅ぎ分けることができない。

もしかすると橘衆は、わざと燃料に土瀝青を使っているのではないか?

権六は姿勢をさらに低くして周囲に注意を配った。

視野に映るものすべてに注意を配り、不自然に動く木の葉、草の葉があればさっとそちらに顔を向ける。

感覚を極限まで鋭敏にしているものだから、視野の外から何者かが近づいてくるような幻の気配に怯えた。

権六の神経は磨《す》り減っていった。

*　*

雲母の早苗は城下の町人地を歩いていた。銑之介の探索のつもりが、道行く人々の顔に目は向いていない。ぼんやりと前を見たまま、心はまったく別のことにとらわれている。

右腕の傷がむず痒《がゆ》い。発作的に起きるその痒みと共に、恐怖が腹の底から沸き上がる。

体が変化していく恐怖である。

痒みの中に、骨や肉が成長して皮膚が突っ張るような感覚も混じる。

心の臓が拍動するたびに、血の道の中をなにか細かい粒のようなものが流れていくような気がする。

自分の体がじわじわと侵食されていく――。

早苗は顔をしかめて左腕で肩を抱くような仕草をした。

実際に変化があるのは右腕だけである。その他の感覚はすべて幻。そんなことに気を取られていてはならない――。

そう思うのだがいかんともし難い。

あの日に飲んだ兼高の血の味が口の中に広がり、嘔吐感が胃袋を鷲《わし》摑《づか》みにする。

いつの間にか、町はずれの外堀の端に出ていた。

緑色の水に鮠《はや》が浮き上がって、水面の何かをついばみ波紋を作った。

「ちくしょう……」

早苗は呟いて顔を上げる。

遠く天守と、それに重なるように幾つかの櫓《やぐら》が見えた。白壁が陽光に眩しい。

自分は辿《たど》り（研究）の材料にされたのだ――。

今まで、得体の知れないものが体の中に入っているという恐怖と、もしかすると右腕が元通りになるのかもしれないという期待で、そのことに対する怒りを感じることはなかった。

あの日、右腕を失って担ぎ込まれた自分を見て、斉藤久庵は絶好の辿りの材料と考えたに違いない。

右腕を失った傷に、無明衆の肉を植えつけたらどうなるか。

あたしの傷を治療することよりも、そのことを試して結果を知りたいという欲が勝っていたに違いない――。

たとえその施術であたしが死んだところで、失うのは使い捨てが利く手駒にすぎない。お頭もそう考えて止めなかったのだろう――。

「ちくしょう……」

早苗は小石を下駄の先で蹴った。

小石は、再び浮き上がってきた鮑の側に落ちる。鮑は驚いて身をくねらせ水の底に潜っていった。

怒りがこみ上げ、恐怖が少しだけ退いた。

早苗は踵を返し、町へ戻った。

＊　＊

町角に身を隠していた夷月はそっと通りに出た。

その目の前に、何かが突き出された。

夷月は、はっとして体を仰《の》け反らせ、それを避けた。

突き出されたのは一本の串団子であった。

「はい、お土産」

と侘桔が姿を現す。

夷月は膨れっ面でそれを受け取り、口に運んだ。

「みたらしが乾いてるじゃないか」

「日頃もっとひどいものを食ってるんだから、文句を言うんじゃないよ」

「なに言ってるんだい。今あたしたちは、いいとこのお嬢さんなんだよ」

二人のやりとりに苦笑して多霧は歩き出す。

「行くよ」

「あいよ」

侘桔が小走りに多霧に並ぶ。

「待っとくれよ」

慌てて団子を食い終え、口元についたみたらしを拭って夷月が駆け出す。

多霧と侘桔、夷月は早苗の後方を半町（約五五メートル）ほどの間を空けて尾行していた。

多霧が中央。侘桔がその右。夷月が左。美しい三姉妹がそぞろ歩いている風情で、道行く人の目を引いている。

「ばらばらに歩いた方がよさそうだ」

多霧は言ったが、侘桔がその袖を摑む。

「もう少し三人で歩こうよ。人目が心地いい。いつもの小汚い小袖じゃ、誰も見ちゃくれないからね」

「侘桔姉さま」夷月が柳眉を逆立てる。

「そんな呑気《のんき》なことを言っている場合じゃない」

「そう苛々しなさんな。あの女と同じだよ」

侘桔は顎で早苗の後ろ姿を差した。

「銑之介が見つからずに苛立ってるんだろうよ」

多霧が言う。

銑之介の名を口にすると、微かに胸の辺りに焼けるような、切ないような感覚が生まれた。多霧はその感覚に戸惑った。今まで感じたことのないものであったからだ。

生まれてから今まで、周りは無骨な踏鞴衆、鍛冶衆ばかりで、男の子も女の子も薄汚い格好をしているのが当たり前だった。

女の子らしい遊びをした記憶はほとんどなく、同年代の町娘たちのように芝居役者に熱を上げたこともない――。

「砦攻めに連れて行ってもらえなかったんで、かりかりしているのかもしれない」

と侘桔。

「そうだね」

多霧は得体の知れない自分の感情を持て余して、足を速めた。

早苗はあてもなく町をぶらつき、夕刻近く御山屋敷に戻った。

多霧、侘桔、夷月は物陰で草色の小袖に着替え、山刀を腰の後ろに差した。着ていた着物は風呂敷に包み、袈裟懸けに背負う。そして、三方に分かれて物陰に身を潜め、屋敷を見張った。

多霧は防火用水の裏に身を隠した。

辺りが茜《あかね》に染まる頃、多霧は近くに人の気配を感じた。

後ろを振り返ると鎬の瓢太が近づいてきた。継《つ》ぎ接《は》ぎだらけの草色の袖無しと、黒い裁付《たっつけ》袴《ばかま》姿である。情報収集の時に着ていた着物は多霧たちと同様に風呂敷に包んで背負っている。

「鐵と勘介は侘桔と夷月の方へ回った」

瓢太は言った。

「三番隊が留守番していることと、その中に雲母の早苗がいることはもう知ってるよ」

「そうかい。なら、天野衆が侍姿で屋敷を出て、筆頭家老の三鷹利誠の屋敷に入ったことは？」

天野衆の踏鞴場が御山屋敷にあることは、茶店の小女さきから聞いていたことで、橘衆にも報告していた。

「今日、屋敷を訪ねていた三鷹利誠が出ていって、一刻《いっとき》ほど後のことだったらしい」

「家老の屋敷でなにをしているんだい？」

「詳しいことは分からねぇが、出入りの八百屋の話によると、庭や廊下に立ったり座ったり——。なにか見張りをしているようだったたって話だ」

「あたしらが攻めてくるかもしれないってんで、守りを固めたかね——。山に注意を向けておいて、城下を襲うかもしれないと考えたことは褒めてやろうか」

多霧は鼻で笑う。

「家臣だけじゃ足りなくて、踏鞴衆まで集めるなんて、おれたちはずいぶん怖がられているようだな」

瓢太は少し嬉しそうである。

「まずは雲母の早苗だ。六方から見張って、真夜中に忍び込むよ」

「承知」

瓢太は音もなく多霧の側を離れた。

三

空が藍色になり、沢から蛙の声が聞こえ始めた。

耳欠けの権六は下生えの中に身を潜め、じっと砦を見張っている。

柵の向こう側には篝火《かがりび》が焚かれているが人影はない。会所の方から楽しげな声が聞こえているから夕餉《ゆうげ》をとっているのであろう。

砦の屋上では歩哨《ほしょう》二人が立ったまま握り飯を食っている。

下生えを踏み分ける音が微かに聞こえた。歩き方の癖は伊折の義兵衛のものであった。

「様子はどうだ？」

義兵衛が権六の横に並ぶ。

「動きはありません」

「人数は？」

「五十人ほどです。女子供と年寄が半分というところで」

「戦えるのは二、三十人と考えればよいか」

「そんなところだと」

「よし。お前は城下に戻れ」

「はっ――」

権六は素早く義兵衛の元を離れた。

山を少し下った辺りで、百人ほどの御山組たちが足音を忍ばせながら登ってくるのに出会った。鉄砲や槍、長い弓を担いでいる者や、弾薬や矢を運んでいる者もいるので、義兵衛ほど身軽に移動はできない。足音を殺せば畢竟《ひっきょう》、歩みも遅くなる。権六は目顔で挨拶しながら通り過ぎる。

しかし——。

権六は遠ざかる御山組を振り返った。

橘衆を殲滅《せんめつ》する仕事と、御山屋敷を守る仕事、どちらが大きな手柄を上げられるだろう。

橘衆は歩き筋踏鞴衆ではあっても無明衆が紛れ込んでいるわけではない。殲滅するのは、言ってみればただ目障りだという理由である。

一方、御山屋敷には無明衆一人を捕らえている。それを救い出すために弟が動いているらしい。御山屋敷を守っていれば、もう一人の無明衆を捕らえることができる。

ご家老の覚えが目出度いのは後者ではないのか——?

お頭の算盤勘定は確かだ。橘衆を滅ぼすことの方に得があると考えた理由はなんだろう——?

無明兼高が語った本流の無明衆が城下を襲撃するかもしれないという話を知らない権六は、首を傾げながら城下へ走ったのであった。

＊　　＊

砦の屋上で見張りについていたのは、新参の胆沢《いさわ》の丹吉《にきち》と、都加留《つがる》の鋼《はがね》であった。

「集まって来たな」

丹吉が髭面に凄みのある笑みを浮かべる。

「およそ百人というところかのう」

小柄で痩せた鋼は、伸びをしながら大あくびをする。退屈しているという芝居である。

「鉄砲隊がのろのろと展開して行くわい」

「鎚音がないからのう。下生えの音がせぬように用心しなければならんからな」鋼は手の甲で目元をごしごし擦る。

「そろそろ村下に報告して来るか」

鋼は梯子を降りた。

＊　　＊

義兵衛は鉄砲隊が砦の正面に展開するのをじりじりとしながら見守っていた。

作戦はこうである。

鉄砲隊で一斉射撃を行う。

橘衆が怯《ひる》んだ隙に、柵に鉤爪《かぎづめ》の綱を引っかけ、一気に引き倒す。

反撃に出ようとする橘衆に二撃目の鉄砲と矢を浴びせる。

それをかいくぐって突進してくる橘衆を槍襖《やりぶすま》が襲う。

あとは白兵戦である。

こちらは数の上で上回っている。

一気に砦や小屋を占領。女子供、老人も容赦なく撫《な》で斬りにする。

半刻ほどで戦いは終わるだろう。

問題はそれからだ。

城下で本流の無明衆が暴れ回っている所に引き揚げたくはない。

しばらくの間、山の中で様子をみるか。

しかし隊長らの中には頭の座を狙っている者もいる。配下の口からご家老に漏れるやもしれない。

橘衆が意外に手強く、砦陥落に二日三日かかるというのが理想的だが——。

義兵衛の思考は、突然響いた指笛の音で断ち切られた。

続いて、左の方からけたたましい銃声が巻き起こる。

「うわっ！」

最前列の鉄砲隊が悲鳴を上げる。

弾丸が下生えや木の幹に当たる音が響く。

義兵衛の顔から血の気が引く。

橘衆は鉄砲を持っているのか――！

鉄砲は歩き筋踏鞴衆が手に入れられるほど安価ではない。では、橘衆は鉄砲を作っているのか――？

銃声は続く。弾が草や木に当たる音も続く。

この時代の鉄砲は先込め式で、一発撃つごとに火薬と弾の装塡《そうてん》をしなければならない。銃声が連続しているということは、それだけ鉄砲の数が多いということを意味している。

橘衆は数十挺の鉄砲を持っている――。

御山組の鉄砲隊は混乱した。

火縄の用意がまだだったので、反撃することもできない。

鉄砲を放り出して逃げる者。その場にうずくまって頭を抱える者。弾が当たって悲鳴を上げる者。

そこに、森の右側から下生えを鳴らして十人余りの人影が殺到した。

手に手に分厚い刃の鉈《なた》を持った橘衆であった。

逃げまどう鉄砲手を鉈で叩き斬り、鉄砲を奪う。弾薬箱を抱えて走る者もいた。

あっという間の出来事で、ほかの御山組たちは動きがとれなかった。

「戦え！」

義兵衛は叫んで打刀《うちがたな》を抜く。

邪魔な槍や弓を捨てて、御山組の者たちも打刀を抜いた。

しかし――。山中でも使えるよう短い刃であったが、木々が密生し、あちこちに若木が枝を伸ばす森の中では存分に振り回すことができない。

橘衆は御山組が抜刀に手間取っているうちに、風のように森の中に散った。

「おのれ！」

頭に血の上った御山組は橘衆を追う。

「追うな！　戻れ！」

義兵衛は叫んだが、「あっ」と声を上げて、三人の御山組が落とし穴に消えた。

穴に落ちた御山組は、一人が底に立てた竹槍に胸を貫かれて死んでいた。二人は腕や足に大怪我をしている。

一緒に駆けだした男たちはほかの落とし穴に用心しながら、穴の底の仲間を引き上げた。

「損害は？」

歯がみをしながら義兵衛が言うと、四番隊の隊長、坪穴《つぼあな》の太吉《たきち》が報告した。

「三人が死に、十五人が怪我をしております。鉄砲十五挺と弾薬《たまぐすり》、弾が奪われました」

「残った鉄砲は五挺——。弾薬と弾はそれぞれが持っている分だけか」

義兵衛は強く地面を踏みつけ、近くの木についた鉄砲弾の痕を見た。

弾が掠《かす》った痕。めり込んで潰れた鉛弾も見えた。

「怪我人と死骸は山から下ろす。手助けは何人いる？」

「一人で歩ける者もおりますゆえ、五人ほどいれば」

「よし。手配せよ」

義兵衛が命じた時、砦の方から一発の銃声が響いた。

義兵衛の顔の側を、弾が音を立てて飛び去った。

御山組は悲鳴を上げてしゃがみ込む。

「ありゃあ。外しちまった」

砦の屋上から胆沢の丹吉の声が聞こえた。

義兵衛は側に立っていた鉄砲隊の男から鉄砲を奪うと「火種を」と言った。

鉄砲隊の男は困った顔をして、「まだ弾込めをしておりません」と言った。

「込めよ！」

義兵衛は怒鳴る。

「なんでぇ。まだ弾込めしてなかったのかい」

都加留の鋼が言い、火縄から煙を上げる鉄砲を構えた。

「それじゃあ、こっちから行くぜ」

御山組は慌てて木の幹を盾にして身を隠す。

「弾込めは遅《おせ》ぇが、隠れるのは速《はえ》ぇな」

鋼はけらけら笑って構えを解いた。

＊　＊

左の森の中には橘衆の鉄砲隊の姿はなかった。弩《いしゆみ》を持った男が三人。真鍮の器に入った火種を持つ者が一人。

弩とは鉄砲に使うような台尻の上に、鋼の弓を取りつけたもので、引き金を引くことによって矢を発射する仕組みのものである。

橘衆はそれに小石を乗せて打ちだしていたのであった。

火種の男の足下には布が広げられている。布の中には爆竹の破片が散っていた。橘衆は笑いを堪えながら布を丸めて走り去った。

＊　＊

義兵衛はすぐ目の前にある木の弾傷を見て首を傾げた。櫟《くぬぎ》の木肌が裂けて木のにおいがしている。水分を含んだ木が弾《はじ》けているのだが、なにかおかしい。

鉄砲の弾は柔らかい鉛でできている。木に強く擦れれば、薄く鉛が残ったりするものだが、それがない。まるでなにか硬いもので樹皮を傷つけたような様子なのだ。

「太吉。鉄砲傷を受けた者は何人だ？」

「一人もおりませんでした」

隣の木の陰から坪穴の太吉が答えた。

今、砦から鉄砲を撃った者の腕はなかなかのものだった。橘衆の鉄砲隊からはずれた者でさえ、その腕前なのだ。だとすれば、鉄砲隊が狙いをはずすとは思えない。遮蔽物の多い森の中とはいえ、何人かには当たっていて当然だ。

ならば、わざとはずしたか？

いや。連中は手加減なく鉈を振るった。こちらを殺し、傷つけることを目的に落とし穴を作った。わざとはずす理由がない。

もしかすると——。

「謀《はか》られたのやもしれぬな——」

爆竹で銃声を装うことはできる。飛礫《つぶて》を放てば、草や木に当たって音を出す。あらかじめ木の幹に鉄砲弾の痕をつけておけば、偽りの銃撃を途中で見抜かれることもない。体に強く当たれば、兵は撃たれたと勘違いするだろう。

では、なんで謀った——。

自らの問いの答えに気づき、義兵衛は歯がみして木の陰から砦を睨んだ。

連中は鉄砲を持っていなかったのだ。

そして今は十五挺の鉄砲と弾、弾薬《たまぐすり》を手に入れた——。

「謀られたとは、どういうことでございます？」

太吉が訊く。

「なんでもない！」

義兵衛は太吉の隠れる木の方に顔を向けて、荒々しく言った。

砦の方へ目を戻すと、見張りが入れ替わっていた。鉄砲を持っていない——。

その時、御山組の右から断続的に五発の銃声が轟いた。

三人が撃たれ、絶叫を上げた。

御山組は叫び声を上げて左に逃げる。

続いて五発。

さらに五発。

五人一組で、撃っては後ろに下がって弾込めをし、三段の射撃をしているのだった。

御山組は偽鉄砲隊がいた辺りを駆け抜けて逃げる。

必死で逃げる御山組は、前方の景色に注意を向ける余裕はなかった。若木が少なく、下生えも足を取られる笹もない場所であったから、疑う間もなく横に広がって逃げた。

前方の木は、根本から枝が生えていた。

「止まれ！　左右に逃げよ！」

真っ先に気づいた義兵衛が叫んだが間に合わなかった。

細い竹が割れる音がした。

最前列を走っていた二十人ほどの足下が沈み込んだ。

前のめりに倒れる者。そのままの姿で真っ直ぐ姿を消す者――。

義兵衛が立ち止まった所から五間（約九メートル）ほど先まで、一気に地面が消えた。

地面の残骸と共に、二十数人は斜面を転がった。

斜面に生えた木々の周囲に竹の格子を張り巡らせ、その上に筵《むしろ》を敷き、さらに下生えの草を置いて、地面が続いているように擬装した、一種の落とし穴である。

加えて、斜面には先の尖《とが》った杭が斜めに立ててあった。

杭のある場所まで滑り落ちなかった者と、その間を擦り抜けた者数人が杭の餌食になるのを免れた。

唐突に射撃が止んだ。森の中を逃げ去っていく足音が聞こえた。

義兵衛は呆然と斜面の下の杭の辺りで呻き声を上げる、あるいは息絶えた配下たちを見下ろした。

これでは、城下に残っていた方がましだったかもしれない——。

義兵衛は橘衆の戦法に恐怖を覚えた。

四

深更。雲が出て、月影、星影を隠した。

闇の中、多霧、侘枯、夷月と、鎬の瓢太、錣の鐵、草摺の勘介は御山屋敷の築地塀の上に飛び乗った。

敷地内の歩哨の動きを観察し、人目のない裏庭に飛び下りた。

建物の配置だけは、多霧が描いた絵図で分かっていたが、屋内の間取りはまったく分からない。雲母の早苗がどこにいるのかも見当がつかなかった。

幸い屋敷内の守りは手薄。まずは、御山組らの長屋を当たることにした。

しかし、いずれも無人であった。

三番隊は全員、母屋と敷地内の警備に当たっている。そう判断した多霧たちは二人一組で、早苗を探すことにした。多霧と瓢太、侘桔と鐵は母屋。夷月と勘介は敷地内を――。

＊　＊

雲母の早苗は、母屋の奥まった座敷に一人座っていた。

仲間たちが大怪我をしたのにも拘《かかわ》らず、城下の探索に回っていた早苗をいたわり、座敷の守りをさせたのであるが――。

早苗は、厨《くりや》からくすねてきた酒を啜《すす》っていた。

もうすでに、角樽《つのだる》一つが空きそうであったが、酔いはいっこうに訪れない。つまみにと持ってきた飴《あめ》色の瓜《うり》の糠漬《かすづ》けは味が薄く感じられた。

昨日あたりから、食い物の味が感じられなくなっていた。なにかの病かとも思ったが、体力、気力は充実している。

そして、酒が強くないはずの自分がいくら飲んでも酔わない――。

酔いつぶれて、心の中に蟠《わだかま》る鬱屈《うっくつ》を紛らせようと思ったのに――。

早苗は右腕をさする。すでに手首の近くまで再生が進んでいた。

食い物の味が分からなくなってきているのも、酒に酔わないのも、右腕に埋められた兼高の肉が、自分の体に同化してしまったからに違いない。

「あるいは、飲まされた生き血のせいかねぇ……」

早苗は呟く。

もし、兼高の肉のせいで不老不死まで得ていたとすれば、この世が終わるまで、砂を噛むような食事が続くのだろうか。

もしかすると、もう物を食う必要がなくなってきているから、味わうという感覚が消えつつあるのかもしれない。

物を食わなければ動けない。

だが、今すぐに十里(約四〇キロ)を走れと言われれば、息を乱すことなくやってのけることができそうな気がする。

この力の源はどこだ?

早苗は目を閉じて、自分の体の中の感覚を探っていく。

頭の天辺《てっぺん》あたりに奇妙な感覚がある。

管のような物が繋がっていて、そこからなにやら熱いものが流れ込んでいる気がするのだ。

その場所に手をやっても、なにもない。

この世ならぬどこか別の所から、力が流れ込んでいるのか——。

早苗は首を振ってその考えを追い払った。

「気色の悪い……」

隠世《かくりよ》（あの世）から亡者たちの力を吸い取っているような気がしたのである。

「気色の悪い」

早苗はもう一度呟いて袖に隠された右腕を見る。

「気色の悪い！　気色の悪い！」

早苗は言って、何度も激しく自分の腕を叩いた。

『どうした早苗』

天井から声が聞こえた。

天井裏を巡回している仲間が早苗の声を聞きつけたのであろう。

「なんでもないよ――。痛み止めに酒を飲んでて悪酔いしたのさ」

早苗は腕を叩くのをやめた。

『酒は傷に毒だ。だいいち、お前は酒は飲めん質《たち》であろうが。残りはおれが飲んでやるから、残しておけよ』

「分かったよ」

早苗は空になった湯飲みを畳の上に放り投げた。

＊　＊

多霧と瓢太は柱の陰に身を潜ませていた。

天井裏の警戒をしている黒装束が、下の座敷の誰かと話をしている。

黒装束は小さく笑って、梁の上を移動して行った。

多霧と瓢太は黒装束がいた梁の上に移動した。

下の座敷からは人の声がした。

複数ではない。女が一人、ぽつりぽつりと独り言を言っているのだ。

多霧は梁の上に腹這いになって、腰の後ろから山刀を抜き、切っ先を使って天井板を少しずらした。

隙間から、下の座敷に座る縞の着物の女の後ろ姿が見えた。右の袖口に手首から先が見えない。雲母の早苗だと多霧は思った。

早苗はなにかぶつぶつ言いながら立ち上がって、畳に転がった湯飲みを取り上げ、元の所に座り、角樽から酒を注ぐ。

瓢太が多霧の側に寄って、

「やるか？」

と訊いた。

多霧は一瞬の間を空けて肯き、一気に天井板を跳ね上げて、座敷に飛び下りた。迷いがあった。

着地したのは早苗の背後。攻撃すればその首筋を斬り裂くことができた。

一瞬の迷いが太刀筋を鈍らせ、早苗は前に転がって帯の結びに隠した短刀を抜き、片膝をついて身構えた。

「ふん。橘の多霧か」

早苗はにやりと笑った。

瓢太も座敷に飛び下りて、腰を落として山刀を逆手に構えた。

「そっちは鎬の瓢太。二人だけで忍び込んだかい――？　いや、そんなわけはないね。残りは侘桔と夷月か」

「なぜ名前を知っている？」

多霧は間合いを詰めて早苗に斬りかかる。

早苗は左右に身を捻り、紙一重で刃を避ける。

「見た顔は忘れない。聞いた名は忘れない。歩き筋踏鞴衆風情とは頭のできが違うんだよ」

早苗は多霧の山刀を短刀で受け、強く押し返した。

多霧の体が吹っ飛ぶ。畳に叩きつけられる瞬間に手を突いて、一回転し、足から音もなく着地した。

そこに突進する早苗の前に瓢太が割り込んだ。

早苗は後ろに飛んで、瓢太の横薙ぎの一撃をかわした。

「邪魔をするな瓢太」

多霧は瓢太を押しのけようとした。

瓢太はその腕を取り、多霧の押す力を利用して投げ飛ばす。

瓢太の思わぬ動きに、多霧は畳の上に尻餅をついた。

「なにをする！」

「殺すことを躊躇《ためら》ったくせに、なに言ってんだ。お前がそんなだから、〝猫〟をするのよ」

　瓢太は摺《す》り足で早苗に近づく。

「猫？」

　多霧は瓢太に並んで山刀を構える。

「親猫は、子猫に鼠の獲《と》り方を教える。その第一歩が、親猫が獲ってきた鼠にとどめを刺させる教えさ。橘衆も同じことをする。何度かとどめを刺しているうちに、殺しに馴れる」

「野蛮な奴らだね」

　早苗は顔をしかめた。

「ふざけるな。歩き筋ってのはな、お前ぇらとは育ちが違うんだよ」

　瓢太は踏み込みながら早苗に斬りかかる。

「こっちは遊びで石を投げられ、遊びで殺されそうになることもある。ごろつきどもに寝込みを襲われて、小屋ごと焼き殺された奴らもいる。殺されそうになったら殺す。そういうことを体に叩き込んでおかなきゃ、歩き筋はできねぇのよ」

　低い攻撃を飛び上がって避けた早苗に、瓢太は一歩踏み込んで切っ先を突き上げた。

＊　＊

早苗がいる座敷から畳を打つような音を聞いた黒装束は梁の上を引き返す。

天井板がはずれ、下から光の柱が立ち上っている。

黒装束は打刀を抜こうと右手を後ろに回す。

柱の陰から侘桔が現れ、黒装束の背後に迫り、右手首を掴んでその首に腕を回した。

声を上げようとした黒装束の喉仏に、鏺の鐵の拳が叩き込まれた。

黒装束は小さく呻き、梁の上に頽《くずお》れた。

侘桔と鐵は、多霧と瓢太が早苗と戦っている座敷の廊下に飛び下りた。物音を聞きつけて駆けつける御山組を座敷に入れないためである。

侘桔と鐵は背中合わせになり山刀を構え、廊下の左右を警戒する。

「侘桔。殺そうと思わなくていいぜ。足を利かなくすりゃあ、あとはおれが引き受ける。とどめの刺し方を教えている暇はなさそうだからな」

「余計なお世話っていいたいところだけど、人を殺す自信はない」

侘桔は答えた。

＊　＊

早苗は下から突き上げる瓢太の刃を蹴り、体を素早く回転させ、反対の足で瓢太の側頭部を蹴った。

瓢太は横っ飛びに畳に倒れる。

早苗は短刀を振り上げて倒れた瓢太に襲いかかる。

多霧は走り、飛び上がって両足で早苗の脇腹を蹴った。

体重の乗った蹴りに、早苗の体は襖に叩きつけられた。壊れた襖と共に隣の座敷に転がる。

庭と廊下に、足音が響いた。

外で刃を打ち合う音と気合いの声が巻き起こる。侘桔と鐵、夷月と勘介が御山組と戦う音であった。

多霧は隣の座敷に駆け込む。

頭を振って瓢太は起きあがり、多霧に一歩遅れて隣の座敷に飛び込んだ。

早苗は手を使わずに飛び起きて、左右から斬りかかる多霧と瓢太に応戦した。

＊　＊

御山屋敷が騒がしくなった。

銑之介は音もなく築地塀の上に飛び上がり、御山屋敷の敷地に下りた。

見張りの者はいない。

銑之介は前庭に佇み、目を閉じて兄の気配を探った。

懐かしい気配が母屋の方角から漂ってきた。

銑之介は小走りに気配の方向に走った。

多霧たちが屋敷に侵入したのを確認してから、銑之介は騒ぎが起きるのをじっと待っていたのだった。

多霧たちを囮《おとり》に使うような真似には、ほんの少し罪悪感があった。

もし兄ならば、もっと早くに多霧たちをたきつけて騒ぎを起こさせたろう。

いや。もし兄が自分の立場で、こちらが囚《とら》われの身であったなら——。

「兄は助けに来ぬやもしれんな」

呟いた銑之介の口元に苦笑が浮かんだ。

五

伊折の義兵衛は御山組の生き残り七十名ほどを引き連れて砦の正面に戻った。怪我人を下山させれば、付き添いの分の兵力が減ると判断し、後方の森に運んで寝かせた。

背後に呻き声を聞きながら、砦の方に目を向けると、丸太の壁に変化があった。

四角く鉄砲狭間《ざま》、矢狭間が幾つも切られ、鉄砲の銃身や矢が突きだしていたのである。銃身の数は奪われた十五挺よりも多く、三十挺ほどであった。

橘衆はやはり鉄砲を所有していたか――。義兵衛は自分の読み違いに舌打ちした。

正面から突入すれば、いつでもこちらを攻撃できる態勢であった。

左右の狭間《さま》からも鏃《やじり》がのぞいているのが見えた。

「お頭。妙でございますぞ」

四番隊の隊長、坪穴の太吉が義兵衛の横に来て言った。

「なにがだ？」

これからの兵略を考えていた義兵衛は苛々と言った。

「狭間の数でございます。正面と左右をざっと数えて百はありまする。そのすべてから矢と鉄砲が見えております」

「砦にいる者と数が合わぬということか？」

義兵衛は、はっとして言った。

「御意《ぎょい》――。向こうは、こちらが数を知らぬと思うて、人数をより多く見せているのでございます。だいいち、橘衆の兵の多くは柵の外に出て、こちらの隙を狙い、攻撃して参ります。砦にあれだけの数の兵がいるとは思えませぬ」

そう言われれば――。義兵衛は篝火に照らされた砦の壁面を凝視する。

落ち着いて観察すれば、鉄砲の十数挺は明らかに木製で、色を黒く塗っただけと分かる。本物の鉄砲は五挺ほどであった。やはり、橘衆は鉄砲を持っていない。あそこに五挺あるということは、柵の外には十挺ということか——。

「よし。鉄砲隊と弓隊を呼べ」

義兵衛は太吉に命じた。すぐに鉄砲隊の五人と弓隊の二十人が現れた。弓隊も何人か討たれたが、歩行《かち》から補充して二十人を揃えていた。

「我らは今から砦を占領する。まずは柵を壊す。その間に鉄砲の攻撃があったならば、その方角に鉄砲と矢を放て。向こうが弾込めをする暇を与えるな」

「はっ」

鉄砲と弓を携えた者たちは後方に回り片膝を立てて射撃に備えた。

七人の歩行が、木の幹を背にして鉤のついた紐をくるくると回す。充分に遠心力を強めて、下手投げに放った。

七つの鉤はがっしりと柵の横棒に食い込んだ。

背後から五つの銃声が轟いた。

御山組の射手たちは銃声の上がった方向を向き、雄叫びを上げて矢と銃弾を放った。

橘衆の次の銃撃はあったが、後が続かなかった。御山組が遮二無二《しゃにむに》射かける矢の雨に、弾込めができずにいるようだった。

その間にも、七つの鉤から伸びる紐に数人の歩行が飛びつき、かけ声と共に強く引いた。

柵の一角が傾き、めりめりと音を立てて倒れた。

「走れ！」

義兵衛が打刀を振るって叫ぶ。

「稲妻のように走るのだ！」

義兵衛の声に、歩行たちはジグザグに広場を走る。

砦の狭間から矢が放たれた。

鉄砲五挺も火を噴く。

数人の歩行が倒れる。

歩行たちは雄叫びを上げながら構わず突進する。

歩行の何人かの足がずぼっと沈み込んだ。

すわ、落とし穴かと思った歩行たちは身を固くしたが、足は膝下以上沈み込まない。

しかし、足を抜こうにも思うように動かない。

足下から強い瀝青のにおいが立ち上った。粘度の高い瀝青が足を搦《から》め捕っている。

液状の瀝青の上に土をまぶしているのだった。広場全体ではない。目を凝らせば幾つかの丸い池が作られているのが分かった。

ここから少し離れた場所に、瀝青が湧く沼がある。そこから引いてきたか、桶に入れて担いで運んだものであろう――。

踏鞴場で土瀝青を焚いていたので、その強いにおいが瀝青の池のにおいを隠していたのであった。

「足下を見よ！　瀝青を踏むな！」

義兵衛は叫ぶ。

二十人ほどの歩行たちが瀝青の池を避けながら走る。

鉄砲の二撃はない。

矢の攻撃も止んだ。

背後の森の銃撃戦も終わったようだ――。

また、なにかの罠か？

義兵衛はそれに気づいてひやりとしたが、もう砦は目の前。突き進むしかない。

歩行たちが狭間の間に飛び込んで、壁の丸太をよじ登る。

＊　＊

砦の中には胆沢の丹吉と都加留の鋼だけがいた。鉄砲の引き金や、矢をつがえた弓に仕掛けた紐を引き、御山組に放つ役として残っていたのである。

「おお。来た来た」

壁をよじ登る音を聞いて、丹吉が楽しそうに言う。

「そろそろ逃げるか」

鋼は床に空いた穴に飛び込んだ。丹吉も後に続く。細い丸太で天井と壁を組んだ横穴を三間（約五・四メートル）ほど這い進んだ所で、二人は止まり、床に伸びた綱を握る。

「せーのっ！」

で綱を引っ張ると、入り口付近の横穴の丸太が一間（約一・八メートル）ほど土煙を上げて崩れた。

丹吉と鋼は、森の中の出口から這いだして、そのまま闇の中に駆け込んだ。

＊　＊

義兵衛は砦を回り込む。砦は大きいが、およそ七十人の配下を入れるには手狭だ。

背後には掘っ建て小屋が数棟建っている。だが、屋根も壁も茅である。鉄砲や矢の攻撃は防げない。

「いたしかたないか――」

義兵衛は撥釣瓶《はねつるべ》の井戸の脇を駆け、砦の裏にあった出入り口から中に飛び込んだ。

勢い込んで打刀を大上段に構えたが、砦の中は静まりかえっている。

無人のようであった。

屋上によじ登った歩行たちが、梯子を降りてくる。気の利く歩行が燈台に火を灯した。

灯火に砦の内部が照らし出された。

壁際には細い材木で足場が組まれ、そこに本物の鉄砲や偽鉄砲、矢が取りつけてある。

引き金や弓弦に取りつけられた紐が垂れ下がっている――。

「くそ……。逃げられたか……」

義兵衛は顔をしかめた。

森の鉄砲隊、弓隊の者も、続々と砦に走ってきて、瀝青の池に足を取られた者たちを助け上げている。

弓隊の最後の一人が柵の中に入った時、森の中から火の玉が空高く飛んだ。

一つ、二つ。

三つ、四つ――。
火矢であった。
それは放物線を描き、柵の外側に突き立つ。
広場の兵たちが驚いて地面に突き立つ火矢を見つめる。
七つ、八つ。
火矢はすべて柵の外側に刺さってちろちろと火を揺らめかせた。
狭間からその様子を覗いた義兵衛は眉根を寄せた。
なにをしようとしている――？
火矢は広場にも落ち始める。
広場の兵たちは狙い撃ちされると恐れ、砦へ駆け込んだ。
広場の火矢も十本、二十本と増えていく。
義兵衛は橘衆たちの意図を悟った。
「柵の外へ逃げよ！」
真っ先に義兵衛が砦を飛び出した。
意味が分からず戸惑った兵たちだったが、義兵衛に続いて外へ出た。
砦に逃げ込もうとする兵と押し合いになる。

「外だ！　柵の外に逃げるのだ！」

義兵衛は兵たちを掻き分けながら叫ぶ。

柵の外側の火矢の炎が大きくなった。その炎は隣の火矢のそれと繋がり、あっという間に柵の外側を囲んで燃え上がった。

柵の外側にもまた、橘衆の罠があった。溝を掘って土瀝青の塊を放り込み、そこに液状の瀝青を流し込み、瀝青の池と同様に土で擬装していたのだ。

瀝青は石油のようにすぐに引火はしないが、熱で溶ければ燃えやすくなる。火矢の熱が瀝青を溶かして引火し、その熱が土瀝青に火を点けたのである。

それは、広場の瀝青の池も同様であった。

突き立った火矢の周りに炎が広がり、隣り合った炎が繋がって、火の池と化した。

義兵衛と兵たちは慌てて砦に逃げ込む。

砦は大きな炎の塊に囲まれた。

＊　＊

橘衆は森の中からその様子を眺めていた。

「あの連中、蒸し焼きになるのかのう」

気の毒そうに婆《ばば》が言った。

「罪もない歩き筋踏鞴衆を皆殺しにしてきた連中だ。火焔《かえん》地獄で焼かれるのは報いよ」

側にいた爺《じじ》が言う。

「我らの仇でもある」

若者が怖い目で木々の向こうに燃えさかる炎を見つめながら言った。

「さて、親父どの――」秀郷の横に立っていた秀綱が言った。

「こっちが一段落したから、おれは妹たちの手助けに行ってくる。親父どのは一足先に出羽へ向こうてくれ」

「うむ。何人か連れて行け」

秀郷は肯いて右腕を高々と上げる。

「暴れたい者はこの指止まれ！」

言って秀綱は走り出した。

「おうっ！」

と言って若者五人が秀綱を追って走り出す。

「村下どの」駆け足足踏みしながら胆沢の丹吉が言う。

「おれも行っていいかのう」

「おれもだ」

と都加留の鋼も目を輝かせながら言う。

「行って来い」

秀郷は苦笑しながら残った者たちの顔ぶれを見回す。残ったのは女子供と老人。そして筋骨隆々とした中年、壮年の男たちであった。

「こちらの護衛は充分だ」

「よしっ！」

「よしっ！」

丹吉と鋼は顔を見合わせて走り出した。

七人の若者たちは、斜面を駆け下りる秀綱を飛び跳ねながら囲み、我先にその指に触れた。

「まずは、一刻も早く山野領を出る」

秀郷もまた駆けだした。老人とは思えぬ速度で、巧みに立木を避けながら北へ走る。その後を、女子供も老人も、全速力で追う。屈強な男たちの半分は秀郷を追い越し、前を守り、残りはしんがりを務めた。

六

雲母の早苗は襖を打ち破って廊下に飛び出し、そのまま庭に駆けだした。

多霧と瓢太はそれを追う。

庭で戦っていた侘桔、鐵がそれを見て、後ろにつき、多霧と瓢太に斬りかかる御山組の者たちを遠ざける。

夷月と勘介も駆け寄って、四人で多霧と瓢太、早苗を囲む。

その輪の外側の御山組は六人。すでに五人を侘桔たちは倒していた。しかし、侘桔も夷月も、相手を傷つけるところまではできるが、とどめを刺すにはいたらずにいた。

「侘桔。どこかで思い切らなきゃ、いつまでたっても人だのみだぜ」鐵が敵と切り結びながら言う。

「いっそのこと、おれの嫁になるか？　一生守ってやるぜ」

「嫌なこった」

侘桔は敵の足下に滑り込み、その脹ら脛を切り裂いた。敵は悲鳴を上げて地面に転がる。

「どさくさに紛れてなに言ってやがる！」

侘桔は相手にとどめを刺そうとその体に跨《またが》ったが、舌打ちをして飛びすさった。

三番隊隊長の安角《あずみ》の安兵衛《やすべえ》は、飛んだ侘桔に刃を横薙ぎにする。

侘桔の袖が切れた。

着地した侘桔は、山刀を構え直す。

安兵衛は焦っていた。半数近い配下を斬り殺された。相手はたかが歩き筋踏鞴衆。

橘衆は手強いと聞いていたが、これほどとは思わなかった。

侘桔に斬り込む安兵衛の前に鐵が割り込んだ。

「やられたか？」

鐵が侘桔に訊く。

「袖だけだ」

侘桔が鐵を押しやる。

多霧は早苗に突っ込む。

心の臓や首筋を目がけて山刀を突き出すが、早苗は間一髪で右へ左へと体を動かしてそれを避ける。

わずかな迷いが、多霧の動きを抑制しているためであった。

瓢太が背後に回り、早苗に斬りかかって隙を作ってやるが、多霧はその好機を生かせない。

早苗は異様な高揚感を覚えていた。

背後の瓢太の動きが、まるで後ろに目があるかのように感じ取れるのである。

正面から攻めてくる多霧の攻撃はなかなかに鋭く、一瞬たりとも油断できなかったが、瓢太の切っ先はぬるい。

まずはうるさい蠅《はえ》から退治しようか――。

早苗はくるりと後ろを向き、瓢太との間合いを一気に詰めた。縦横無尽に短刀を振るう。瓢太はそれを山刀で受けるのが精一杯で、じりじり後退する。

多霧は早苗の背後に駆け寄り、渾身の力を込めて袈裟懸けに山刀を振り下ろした。

微かな手応え。

早苗は左に飛んで地面を転がる。

立ち上がるところに瓢太の突き。

早苗は後ろに飛んだ。

早苗の背中は着物が切り裂かれ、白い肌に紅い筋が浮かび上がった。一筋、二筋、血が流れ落ちる。

「惜しかったねぇ、多霧。あんたがもっと頑張らないと、あたしは瓢太を斬り殺しちまうよ」

早苗がにやりと笑い、瓢太に向かって走った。

＊　＊

銑之介は石室への石段を下りていた。

下からほのかな明かりが差している。

銑之介の足音を聞きつけたのだろう。

「誰だ！」

という怯えた声が聞こえた。

銑之介は石室の入り口に立った。

蠟燭が照らす石室にいたのは一人の見張りである。外の御山組の者たちと違い、簡易な足軽鎧を身につけた男で、手には短めの槍を持っていた。

男は銑之介に槍を向ける。相手が縞の着物を粋に着こんだ優男《やさおとこ》なので急に威張った口調になる。

「町人。ここはお前などが入っていい場所ではない。出て行け！」

しかし、銑之介の目は石室にいたもう一人、壁に手錠で繫がれた半裸の男、無明兼高に向いていた。

「兄者《あにじゃ》――」

銑之介は囁くような声で言った。

兼高は薄く目を開いた。

「兄者だと……」

見張りの男は上擦《うわず》った声で言った。

石室の無明衆を弟が奪いに来るかもしれないから油断するなと命じられていた。

男は槍を構え直し、ごくりと唾を飲み込む。

相手は丸腰だ。恐るるに足りぬ――。

「やぁっ！」

男は叫びながら銑之介に突っ込んだ。

銑之介が歩き筋踏鞴衆と共にいた時に不覚をとったのは、混戦の中、咄嗟《とっさ》に子供を守ったためである。振り下ろされた刃の前に飛び出し、斬られた。

だが、この状況であるならば、槍を持った者を相手にすることなど容易い。

銑之介は身を開いて槍の穂先を避け、ぐいと柄を握った。そのまま強く捻ると柄が回転し、見張りの手からするりと抜けた。

男は、呆気なく槍を奪われた恐怖に目を見開きながら、打刀の柄に手を掛けた。

銑之介は槍を回して向きを変えると、無造作に男に向かって投げた。

槍の穂先は男の腹を突き通し、そのまま石壁に突き刺さった。

男はしばらくもがいていたが、すぐに絶命した。

銑之介は男に歩み寄り、その腰から鍵を取って兼高に歩み寄った。

銑之介は鍵を手に持ったまま、兼高を見上げた。

「おそらく、お前と同じよ。珍しく情けをかけようとして不覚をとった」

「兄者。なぜ捕らえられたのです？」

「それは本当に珍しい――」

「まぁ、この苦行も人などに情けをかけた罰であったのだろうよ」

銑之介は苦笑して兼高の手錠を外した。

兼高は手首を撫でた。

「本流は来ましょうか？」

「おそらくな。異国《とつくに》の昔話に、天の火を人に分け与えたために神の怒りを買って、岩に繋がれ、鷲《わし》に腑《はらわた》を食われた男が出てくる。下手をすれば、神々の業《わざ》を人に知られる元凶として、我らもまた殲滅《せんめつ》の対象となるやもしれぬな」

「本流ならば、我らも殲滅できますか」

「できるだろうな」言って兼高は銑之介を見る。

「死んでみるか？」

「興味はございます――。本流のお考えに従いましょう」

「死ぬ前に、本流と戦ってみるのも面白そうだ」

兼高は石段を上った。

＊　＊

砦の外は炎の壁が立ちはだかっている。

伊折の義兵衛は歯がみをして活路を考える。

柵の外に脱出するにはどうすればいい――？

一つ、可能性を思いついた。

義兵衛は裏口から外を覗く。

裏側の柵の向こうにも炎が上がっている。そして、柵の丸太も燻《くすぶ》り始め、数棟の小屋の茅も熱せられて湯気を上げ始めていた。

「小屋から筵を集めろ！」

義兵衛は外に飛び出し、小屋の中に駆け込む。橘衆らが夜具や敷物として使っていた筵を掻き集める。義兵衛の意図を理解した配下らも、小屋に飛び込んで筵を集めた。

それを撥釣瓶の井戸の側に置き、水をかける。水がよく染み込むように配下たちは筵を足で踏みつけた。

「お頭――」一人の配下が言う。

「十枚ほど足りません」

水を染み込ませた筵の数は五十枚余りであった。

「しんがりを務める者十人、名乗り出よ」

義兵衛が言うと、若い配下ら十人がすぐに前に出た。

「おのれらが被る物を探して参れ」

十人は燻り始めた小屋に戻って、橘衆が残していった行李を掻き回して、それぞれが小袖数枚ずつを持って井戸端に戻った。そしてそれに水をかける。

十人が小袖に水をしみこませると、義兵衛たちは頭から水を被った。

「行くぞ」

義兵衛は筵を一枚取り上げると上半身をくるむように体に巻き、砦の正面に回った。

池から上がる炎の向こうに、柵が大きく倒れた部分が見えた。今、柵の外に出られるのはそこしかない。しかし、倒れた柵の下からも瀝青の堀が炎を上げている――。

義兵衛は炎の池を避けながら全速力で走る。

灼熱の空気に、筵はあっという間に湯気を上げる。鼻腔や喉が焼けそうな熱気に、義兵衛は息を止めた。

配下たちがその後に続く。

義兵衛は倒れた柵の側に辿り着くと、その上に筵を放り投げる。配下たちも次々に筵を投げ、柵の向こう側にかけて、湯気を上げる筵の道ができた。

義兵衛たちは急いでそれを駆け抜ける。

濡れた小袖を被った者たちが走る頃には筵の道は燃え始めていた。

最後の二人の足に火が移った。

悲鳴を上げて仲間の側に転がった二人の足の火を、先に渡っていた者たちが小袖でくるんで消火した。

「おのれ橘衆め――」配下の一人が唸るように言った。

「皆殺しにしてくれん」

「もはや山野領外に出ておるぞ……」

別の配下が残念そうに言う。

「黒川領を出ておらねば間に合う」義兵衛が言う。

「黒川領で暴れる許しは得ている」

第四章

一

蹄《ひづめ》の音が遠くから山野城下に迫る。
十、二十ではない。百を超え千に迫ろうという蹄の音である。
やがてそれに金属片の触れ合う音も混じった。

森の中から駆け出た耳欠《みみか》けの権六《ごんろく》は、その音に気づき斜面を少し戻って木の陰に身を潜めた。

群雲《むらくも》に隠れていた月が顔を出した。

冴《さ》え冴《ざ》えとした月光が天から地上に降り注ぐ。

数百騎の鎧武者が白銀《しろがね》の光を反射した。

武者たちはいずれも身の丈七尺（約二・一メートル）もあろうかという偉丈夫で、青みを帯びた白銀色の鉄の、南蛮胴《なんばんどう》の鎧を身につけていた。袖も草摺も、籠手《こて》、臑当《すねあて》も鉄。前立《まえだて》のない頭形兜《ずなりかぶと》もまた磨き上げた鉄であった。鎧武者が跨《また》がる巨大な馬も、騎馬と共に走る歩行《かち》も白銀の甲冑《かっちゅう》を着こんでいる。

兜の眉庇《まびさし》が顔に濃い影を落とし、その表情は見えない。

権六は全身を冷気に包まれたかのような感覚に襲われた。

眼下を進む騎馬武者たちが、一斉にこちらに顔を向ける。

権六は心の臓を鷲摑みにされたような恐怖を感じた。

殺される――。

しかし、騎馬武者たちはすぐに興味を失ったかのように顔を正面に向けた。

軍団のしんがりが通り過ぎると、権六は大きく息を吐いた。

あいつら、何者だ――？

隣国の騎馬兵か？　ご公儀の軍か？

権六は街道に下りる。

すでに騎馬軍団の姿は見えなかったが、遠く蹄の音が聞こえていた。

＊　＊

蹄と金属の擦《す》れ合う音を立てて軍団は進む。

前方には、常夜灯の明かりがほのかに夜空を照らして町の影が浮かび上がっている。

城下の惣門《そうもん》が見えてきた。

惣門の向こう側には数人の番人と、寝間着姿の町人十人ほどが立って、東の山を見上げている。

蹄の音を聞いて外に出たのではない。山の上の空が紅《あか》く染まっているのに気づいたのであった。橘衆の砦の周辺が燃えているのだが、もちろん番人たちは知りようもない。

炎が雲を照らし、黒煙まで上がっている。木が燃えているのならば白い煙が立ち上る。

山中には瀝青の沼があるから、そこに火が入ったのだろうと集まった者たちは推測した。

火はまだ遠い。町火消の出番ではない。おそらく山沿いの村の樵《きこり》たちが、木を切り倒して延焼を防ぐ努力をしているだろう。そして今は無風である。

さて半鐘を鳴らすべきかどうかと話し合っていたのであった。

もう少し様子を見ようと結論が出た時、番人たちは雷鳴のような音に気づいた。

惣門の外側を見る。

街道を、なにかが進んで来る。月光を受けて時々鋭い光を放つのは、銀色の騎馬武者であった。

「なんだ……、あれは」

番人、町人たちは、呆然と迫り来る騎馬武者たちを見つめた。

戦がなくなってすでに百年以上が経つ。誰も攻め寄せる騎馬武者など見たことはなかった。

始めは幻かと思って、いずれもがその場にいる者たちの顔を見回した。

同じものを見ている――。

本当に騎馬武者が攻め寄せて来るのだ。

番人たちは番小屋に飛び込み、刺又や六尺棒を手に取った。一人は櫓《やぐら》に登り、半鐘を打ち鳴らした。

百年以上も打つことがなかった〈敵襲来《てきしゅうらい》〉の三点鐘であった。

先頭の武者が腰に差していた采配《さいはい》を抜く。

通常は厚紙を細く切って作る総《ふさ》が、白銀の武者のそれは薄い金属であった。

武者は采配を高く掲げる。総がしゃしゃらと音を立てる。

武者は采配を振り下ろすと共に、馬の脇腹を蹴った。

後続の騎馬武者もそれに倣う。

数百の騎馬は、雷鳴のような蹄の音を轟かせ、土煙を上げて惣門に突進した。

騎馬の列は惣門の分厚い扉を破壊し、太い柱をへしおって、城下に駆け込んだ。

逃げ遅れた番人たちが弾き飛ばされ、蹄に踏みつぶされた。

前方を走る番人に、先頭の騎馬武者が追いつく。右手の采配を斜めに薙《な》いだ。

番人の背中から後頭部にかけて、采配の総の数十の金属板に切り裂かれた。血煙を上げて前のめりに倒れた。

騎馬武者が采配を一振りすると番人の血は無数の滴《しずく》となって飛び散り、総は白銀の輝きを取り戻した。

番所も騎馬に粉砕され、半鐘の櫓が倒れた。

歩行が走りながら腰の袋から銀色の器を出し、蓋《ふた》を開けて騎馬武者たちに差し出す。石綿の中に炭火が紅い光を放っている。

騎馬武者たちは箙《えびら》から火矢を抜いて器の中の火種を移し、弓につがえて空に向けて放った。

空に向かって炎の尾を曳いて飛んだ火矢は、放物線を描き、町のあちこちに落ちていった。

騎馬武者は二射、三射と火矢を放つ。

千本を超える火矢が町の屋根に突き立った。

城へ向かう大手道の両側の屋根が炎を上げた。

寝入っていた町人たちは、蹄の音に驚いて外に飛び出す。そして、突進してくる白銀の騎馬に弾き飛ばされた。

町に悲鳴が錯綜した。

火矢に襲われた家が火に包まれ、舞い上がった火の粉がさらなる火災を呼んだ。

騎馬の列は、外堀の手前で三方に分かれた。

左と右にそれぞれ二百騎ほど。正面の大手門に向かって五百騎。

左右に分かれた騎馬団は外堀の内側に火矢を放ちながら、堀沿いに駆ける。合流した四百の騎馬団は火の手の上がる外堀の内側に攻め込んだ。

逃げる町人も、寝間着姿で飛び出して槍や刀を振るい立ち向かってくる侍たちも、容赦なく太刀で斬り捨てる。

二百騎を外堀の内側に残し、二百騎は内堀の中へ馬を進めた。

大手門の扉を弾き飛ばして最初に枡形《ますがた》に突入した五百の騎馬団に鉄砲が撃ちかけら

れた。狭間から飛来した弾は、すべて白銀の鎧に弾かれた。

騎馬団は勢いを弱めることなく、右手の門に突進し、難なく打ち破った。

＊　＊

多霧は早苗と斬り結びながら、空のあちこちが紅く染まるのを見、阿鼻叫喚の中に無数の蹄の音が響くのを聞いていた。

なにがあった――？

まさか父や兄たちが焼き打ちをかけているわけではあるまいな――。

多霧は気になったが、早苗との戦いに集中した。

一方早苗は、『本当に来やがったか……』と恐怖を感じていた。一刻も早く多霧たちとの決着をつけて逃げなければ、とんでもない化け物たちと戦わなければならなくなる――。

激しい蹄の音が近づいて来る。

火矢が夜空に弧を描いて飛来する。

屋敷の屋根瓦に、庭の地面に、火矢は突き立った。

門や築地塀を打ち壊しながら、白銀の騎馬団が御山屋敷の庭に飛び込んできた。

門に背を向けていた三番隊隊長安角《あずみ》の安兵衛《やすべえ》が、馬の蹄に飛ばされ、頭を踏み潰された。

多霧、侘桔、夷月、そして瓢太と鐵、勘介は、全身が粟立《あわだ》つような強烈な気配を感じた。

戦いようのない相手――。

それを明確に悟ったのだった。

中でも易詫《いたく》――呪術師の力を持つ夷月は、目の前が暗くなるほどの恐怖を感じていた。

その様子に素早く気づいた侘桔が叱責する。

「夷月！　しっかりしな！」

その声にはっと我に返った夷月は、斬りかかってくる敵の刃を山刀で受けた。

「多霧姉《あね》さま！」

侘桔が叫ぶ。

「分かってる！」

多霧は早苗を睨み、歯がみをしながら答える。白銀の騎馬武者と戦えば、必ず命を落とす。しかし、母と兄、そして仲間たちの仇を逃《のが》したくはない――。

『危険だと思われる所には近づくなと日頃から言っているではないか！』

秀道の声が蘇《よみがえ》った。

多霧の額に自分の額を押しつけ、恐ろしい形相で怒鳴った時の、兄の髪のにおいまでもがありありと思い出された。

「くそっ！」

多霧は鋭く早苗に斬り込む。

早苗は後ろに飛んで間合いを空ける。

その隙に、多霧は屋敷の奥へ走りだした。

侘枯らも、鍔迫り合いをしていた相手を押し返し、四方に散った。

早苗の動きは一瞬遅れた。

そこへ、駆け込んできた騎馬武者が太刀を振るう。

早苗は短刀を投げつけながら後ろへ飛んだ。

早苗の短刀は騎馬武者の顔面に突き立った。

騎馬武者は手綱を引いて馬を止める。

逃げだそうとした早苗だったが、眉庇に隠れているはずの武者の目に射すくめられたように、足が動かない。

その背後で、御山組三番隊の者たちが、別の騎馬武者たちに次々に斬り殺されていく。
騎馬武者は早苗に顔を向けたまま、右目の辺りに突き刺さった短刀を抜いた。
そしてそのまま早苗に向けて投げつけた。
黒い影が横合いから飛び出す。
短刀が鋭い金属音を発して弾かれた。
早苗と騎馬武者の間に割り込んだのは多霧であった。
「早苗はあたしが殺すんだ！　手を出すんじゃねぇ！」
多霧は飛び上がる。
騎馬武者は太刀を横薙ぎにする。
右目を失った騎馬武者の狙いは逸れて、多霧はその兜を踏みつけ、さらに高く飛び、
母屋の屋根に着地した。
騎馬武者の注意が多霧に向いたためか、早苗の呪縛は解けた。
早苗は騎馬武者の横を擦り抜けて築地塀に走る。
「邪魔されないところで続きをしようぜ！」
多霧は早苗の背中に言って、屋根を走った。
数騎の騎馬武者が多霧に気づき、続けざまに矢を射た。

多霧の動きは速く、矢はその後ろに突き立つ。

「瓦も易々《やすやす》と貫く鏃かい……」

多霧は後ろを振り返って言った。鏃は瓦を割って下の材木に刺さったのではない。柔らかい粘土に刺さったかのように、鏃は瓦を突き通しているのだ。

どんな鍛え方をしている？

どんな鋼を使っている？

多霧は矢を一本、持ち帰りたいと思ったが、騎馬武者たちの狙いはしだいに正確になり、矢が多霧の体を掠めるようになった。

「くそっ！」

多霧は築地塀に飛んだ。

頭上から矢が襲いかかる。

築地塀の瓦を蹴って、多霧は屋敷の外の道に転がる。間を空けずに跳躍。

数十本の矢が、築地塀の上に突き立った。

「こっち側に落ちてくれりゃあよかったのに」

多霧は築地塀の矢を見上げて悔しそうに言う。

視野の隅に、逃げていく早苗の姿を捉え、多霧は走り出した。

城下に駆け込んだ秀綱たち八人は燃えさかる家々とあちこちに散らばる屍を見て愕《がく》然《ぜん》とした。

「こいつはどうしたことだ……」

秀綱は掠れた声で言った。

「誰がこんなことを……」

胆沢の丹吉が怯えた表情で周囲を見回す。

「早いとこお嬢さん方を見つけなきゃなりやせんね」

都加留の鋼が言った。

「生きておればいいがな――」

秀綱は多霧に聞いていた道順を思い浮かべ、御山屋敷の方角へ走った。

＊　＊

二

三鷹利誠《としなり》は、林堂之助に手伝わせて鎧兜を身につけていた。ついさっきまで遠かった蹄の音や阿鼻叫喚は間近に迫っている。

藩主三鷹長経《ながよし》は参勤の最中。本来ならば、真っ先に城に駆けつけて、指揮を執らなければならない立場であったが、利誠にそのつもりはない。

本流の無明衆の電光石火の攻撃を見れば、三鷹に勝ち目はない。落城は遠くない。ならば、この混乱に乗じて城下を脱出するのが上策——。

理由はどうとでもなる。城下に何者かが攻め寄せたことを殿に報告するために江戸へ走る——。

もし生き残りがいれば、卑怯者と誹《そし》るかもしれぬが、命あっての物種だ。

「林。鎧を解け」

利誠の言葉に堂之助は「は？」と眉根を寄せた。

「江戸まで知らせに走るのに、鎧は邪魔だ」

利誠の意図を知り、堂之助は一瞬険しい顔になったが、

「お戦いになった様子もなく江戸に向かうのは愚策かと」

と返した。

「うむ……。そのまま続けよ」

利誠は渋い顔をして促す。

利誠に鎧を着せ終えると、堂之助は急いで自室に走り、胴丸鎧を身につけて厩《うまや》に走

った。

馬二頭を屋敷の裏口に曳《ひ》き、そこを守っていた天野衆に、

「これからご家老は江戸表に報告へ向かう。供をせよ」

と命じて、利誠の部屋へ戻った。

＊　＊

二ノ丸、三ノ丸の廊下を白銀の騎馬武者たちが駆け回っていた。槍で攻撃する侍たちを撫で斬りにしながら奥へと進む。

騎馬武者たちが本丸御殿に駆け込む頃には、武家地で生き残った侍たちが鎧を着て城に駆け込んだ。

侍たちは騎馬武者の馬を狙った。

剝き出しの足や下腹部を狙って矢を射、槍を突きだしたが、馬は巧みにそれをかわし、後ろ脚で襲撃者を蹴り飛ばした。

何人かの騎馬武者は馬を下りた。

馬たちは廊下や座敷を走り、逃げる侍を跳ね飛ばし、踏みつけた。

馬を下りた鎧武者たちは、尻込みしながら周囲を囲む侍たちを無造作に斬り倒していく。

燭台が倒れ、切り裂かれた龕灯《がんどう》が飛んで、城内のあちこちから火の手が上がった。

本丸御殿から、襷掛《たすきが》けで鉢巻きを巻き、長刀《なぎなた》を持った奥女中が駆けだしてきたが、騎馬武者たちの敵ではなかった。

＊　＊

城下には白銀の鎧を着た歩行《かち》武者たちが駆け回っていた。そして、動く者を見れば侍、町人、老若男女の別なく、斬り捨てていく。

街道への木戸に陣取って、逃げてくる者たちを斬り殺す武者もいた。

消火にあたる火消も殺され、町の七割が火の海となっていた。

＊　＊

石室の出口で、銑之介は兼高を押さえつけていた。外で本流の無明衆が暴れ回っている音を聞きつけたからである。

「いいかげんに手を離せ」兼高はうんざりしたように言う。

「隠れていたとていつかは見つかる。本流の無明衆の姿、見たいとは思わぬか？」

「思いませせぬな」

銑之介は首を振る。

「お前は、わたしが『死んでみるか』と問うた時、『興味はございます』と答えたではないか」

兼高の言葉に、銑之介の心に甘美な死への憧れが蘇った。

今まで何百人、何千人の死を見送っただろう。世話になった者も、心惹かれた者も、みな老いさらばえて、あるいは病で死んでいった。銑之介はそれらを陰で見送ってきた。

無明衆以外の人はみな、自分を置き去りにして先に旅立つ。後に残るのは虚無感と、果てしない悲しみだけ——。

そのことに耐えるのに疲れたのはいつのことだったろうか。銑之介はしだいに、望んでも得られない死を求める思いを、心の中に蓄積していったのだった。

「お前は、『本流のお考えに従いましょう』とも言った。ならば逃げ隠れせずに堂々と外に出ればよいではないか」

「まだ上におるかもしれませぬので——」

銑之介はぽつりと言う。

「誰が？」

「わたしが本流に斬られそうになれば、命を賭して戦おうとする馬鹿者がでございます」

「女か？」

兼高は面白そうな顔で銑之介を見た。

「兄者には関わりのないことでございます」

銑之介が言った時、廊下をゆっくりと進んでくる蹄の音が聞こえた。

もはやこれまでか。多霧はもう逃げただろうか――。

銑之介は兼高の体を離す。

兼高は軽い足取りで、石段の最後の数段を上った。銑之介も後に続く。

階段の出口に、黒々とした騎馬武者の影が立っていた。右手に采配を握っている。

背後から差す炎の明かりに、その輪郭が輝いて見えた。

「お初にお目にかかる。無明兼高でござる」

兼高は騎馬武者を見上げながら言った。

「無明銑之介です」

銑之介も武者を見上げる。

騎馬武者は無言のまま、二人を促すかのように首を少し動かすと、馬の首を回して外に向かって歩き出した。

兼高と銑之介はその後に続いた。

庭に出ると、幾つもの死骸が転がっていた。

「神々に近い者たちは無慈悲だのう」

凄惨な光景に、兼高は鼻に皺を寄せた。

騎馬武者は馬を止めた。

「神々は、もっと無慈悲だ」

錆《さ》びた金属を擦り合わせるような声が、白銀の兜の下から聞こえた。

「ほぉ。お前さまは、喋れるか？」兼高は笑いながら言う。

「無明衆の傍流などに言葉をかけてくれるとは、恐れ多いことだ」

「行け。二度と捕まるな」

言うと、騎馬武者は馬を歩かせた。

「逃がしてくれるとは、慈悲深いことだ」

兼高は戯《おど》けたように手を合わせる。

「傍流を探し出し、殺滅するのが面倒なだけだ」

騎馬武者は馬を走らせた。

「さて、それでは世話になる踏鞴衆を探そうか」兼高は銑之介を振り返る。

「橘衆などはどうだ？」

兼高はにやにや笑う。

「御免こうむります」

銑之介は無表情に答えた。

＊　＊

屋敷を警備する天野衆の若者に松明を持たせ、林堂之助は三鷹利誠の馬を曳いて裏門へ向かった。その後ろに総髪の白髪に長い髭を蓄えた天野智麻呂《あまのともまろ》が従う。

堂之助が裏門を開けると、黒い人影が飛び込んで来た。智麻呂が素早く前に出て、腰の刀を抜き、馬の前に土下座をした人影に切っ先を向けた。

松明に照らし出されたのは奥医師の斉藤久庵だった。

「ご家老さま。お助け下さいませ！」

と、頭を地面に擦りつけた。

利誠はしかめっ面をして久庵を見下ろす。

「無明兼高の言葉が正しければ、この惨劇はお前が行った治療が原因だ――」

そう言った時、表門の方からなにかが破壊される轟音《ごうおん》と、屋敷内になだれ込む荒々しい蹄の音が聞こえた。

利誠は慌てて堂之助から手綱を奪い取ると、馬の腹を蹴る。

「ご家老、お待ち下さい！」

智麻呂は叫んだが、利誠を乗せた馬は久庵の体を飛び越えて、裏門から外に駆け出した。

利誠の首の辺りに銀色の光が閃《ひらめ》いた。

利誠の頭部が横に吹っ飛んだ。

首を失った体が鮮血を噴き上げながら後ろざまに倒れて地面に落ち、馬は無人のまま走って行った。

久庵は悲鳴を上げて尻で後ずさり、堂之助は刀を抜き、青眼に構える。

裏門が内側に吹き飛んだ。

堂之助は後ろに飛んで残骸を避けたが、久庵はその下敷きになった。

白銀の騎馬武者が一騎、飛び込んで来る。

智麻呂は刀を収め、馬の前に両手を広げて立ちはだかる。

「お待ち下され！　天野衆の智麻呂でござる！」

天野衆は無明衆の遠縁。話をすれば、太刀を振るうことはしないだろうと智麻呂は思ったのだが――。

叫ぶ智麻呂に、騎馬武者は太刀を無造作に振り下ろした。血飛沫を上げて倒れる智麻呂。

騎馬武者は返す刀で堂之助を横薙ぎにする。

堂之助は刀でそれを受けたが、刀身ごと胴を真っ二つに両断されて頽《くずお》れた。

騎馬武者は馬を進め、松明を放り投げて逃げる天野衆の若者を追い、その背中を斬りつけた。

返り血は白銀色の鎧の表面で玉となり、痕も残さずに流れ落ちた。

＊　＊

外堀添いの火除地《ひよけち》に早苗は飛び込んだ。町人たちが百人ほど身を寄せて震えている。中には刀を持った侍たちもいた。裃《かみしも》をつけているのは城から逃げてきた者たちであろう。寝間着姿の侍も多かった。いずれも土埃や煤に汚れて髪も乱れ、目からは戦意が失われていた。

早苗は侍たちに駆け寄って、一人の刀を奪い取った。

町人たちが悲鳴を上げ、堀に飛び込み始めた。

早苗がぶんっと刀を振ると、侍たちも堀に飛び込む。

堀を泳ぐ者たちは、山野川との落合を目指して、必死に手足を動かした。

泳げない者たちは堀端に突っ立ったまま、泳ぎ去る者たちを見つめていた。

早苗は背後に多霧の足音を聞き、振り返った。

地を蹴った多霧が頭上にいた。

早苗は後ろに飛ぶ。

多霧は着地して、身を低くして山刀を構える。

「すまんな。別の所に逃げろ」

多霧は堀端の者たちに言った。

町人たちは叫び声を上げて、まだ類焼していない町の方へ走った。

早苗は左手に持った刀をだらりと下げて、六間(約一〇・八メートル)ほどの間合いを空けて多霧と睨み合う。

侘桔と夷月、瓢太、鐵、勘介が火除地に駆け込む。そして、その後ろから秀綱と胆沢の丹吉、都加留の鋼、五人の橘衆の若者が続いた。

「ひぃ、ふぅ、みぃ——」と早苗は人数を数える。

「多霧を入れて十四人かい。卑怯じゃないか?」

「おれたちは手を出さねぇよ」秀綱が言った。

「お前ぇが逃げ出さないように囲むだけさ」

秀綱たち十三人は火除地に広がって、多霧と早苗を囲んだ。

＊　　＊

耳欠けの権六は、破壊された惣門の前に立って、口をあんぐりと開けたまま凄惨な景色を眺めた。

炎渦巻く城下町に動く者の姿はない。

叫び声は城の方角から聞こえていた。闇の中に聳《そび》える城の、幾つかの櫓からは火の手が上がっている。

権六は御山屋敷に向かった。

門が破壊され、炎に包まれた屋敷の前庭には、三番隊の仲間の死骸が転がっていた。

白銀の騎馬武者たちがやったのか――？

まずは、三番隊の生き残りを探さなければと権六は思った。庭に死骸が見あたらないのは雲母の早苗。屋敷のどこかに無惨な骸《むくろ》を晒しているかもしれないが、腕を斬られても生き延びた強運の女。どこかに逃げ延びているやもしれない――。

権六は燃える御山屋敷を後にして走った。

＊　　＊

「多霧。東の空を見てみなよ」早苗は周囲に立って山刀を構える秀綱らに注意を配りながら言う。

「お前たちの砦は、御山組に焼き打ちにあったよ。今から行っても遅かろうが、駆けつけたいと思わないかい?」

「思わないね」多霧はほかの連中が余計なことを言う前に返した。

「親父どのらはきっと無事に逃げ出している」

砦に火を放つのはこちらの兵略であり、秀綱らがここに来たのは、それが上手く行った証《あかし》。しかし、早苗が御山組の作戦が上手く行ったと信じているならば、そのままにしておくのが好都合だと思った。

下手にこちらの兵略を知られれば、早苗はこの包囲を脱して御山組の元に駆けつけようと考えるだろう。

なんとしても、ここで決着をつけたい。

多霧はじりじりと間合いを詰めた。

＊　＊

前方の火除地に人影が動いた。

耳欠けの権六は、気配を消して火除地に近づく。

その足がぴたりと止まった。

火除地を十数人の人影が囲んでいる。その中央には早苗と多霧――。

そして――。

権六はぎりっと奥歯を噛みしめた。

自分の耳を落とした鎬の瓢太がいる。堀を背にして、早苗と多霧の方を向き、山刀を構えている。

権六は足音を忍ばせて堀端に進む。そして、堀の石垣の縁を摑み、体をずり下ろした。石組みのわずかな出っ張りを足掛かりにして、瓢太の背後に向かって移動した。

権六は少しずつ瓢太に近づくが、瓢太は早苗と多霧を注視しており、背後は隙だらけであった。

待っておれ、瓢太。今、その体を切り刻んでくれる――。

権六は瓢太の真後ろに着いた。

見上げればすぐそこに瓢太の足首がある。

まずは足首の筋を斬り、動きを封じる――。

権六は腰の後ろから打刀を抜いた。

＊　＊

瓢太は殺気を感じた。

前に飛び、地面を転がって片膝をつき、堀の方に体を向けた。逆手に持った山刀を顔の前に構える。
権六が石垣の下から飛び上がった。
瓢太は、敵が頭から左耳にかけて巻いた黒い布に気づいた。
「あの時こそこそと踏鞴場の様子を探っていた奴かい！」
権六が空中で棒手裏剣を放つ。
瓢太はそれを刀で弾き返す。
着地した権六の左右に、素早く胆沢の丹吉と都加留の鋼が移動する。
「こっちも手出しは無用だぜ」瓢太が権六に突っ込む。
「こいつは耳を取られた恨みを晴らしたいんだろうからよ」
「承知」
丹吉と鋼は山刀を構えたまま肯いた。
権六が瓢太の刃を打刀で受ける。
瓢太は刃を返して反対から斬りつける。
権六はそれも山刀で受け、瓢太の腹に足を飛ばす。
腹を蹴られた瓢太は仰向けに倒れる。
権六はそこに棒手裏剣を投げる。

瓢太は転がってそれを避ける。

権六は丹吉と鋼にも手裏剣を放つ。

二人は横に跳ぶ。

多霧と早苗の囲みに大きな隙ができた。

早苗はわざと隙を見せる。

多霧は踏み込む。

早苗が多霧に刀を投げた。

多霧は思わぬ攻撃に、身を翻して飛来する刀をかわす。

早苗は踵を返して堀端に走り、水に身を投げる。

「あっ！」

多霧は叫んで早苗を追い、地を蹴って堀に飛び込んだ。鎩の鐵と草摺の勘介も身を躍らせた。

瓢太は一瞬の出来事を横目で見ながら舌打ちし、地面に突き立った手裏剣の一本を抜き、権六に飛ばした。

権六は仰け反って手裏剣を避ける。

瓢太は一気に間合いを詰めて、権六の腹に山刀を突き刺した。

権六は目を見開き、すぐ目の前にある瓢太の顔を見る。

瓢太は、刃先を上に向けて強く押し込むと、後ろに飛び退《の》きながら山刀を引き抜いた。

地に倒れる権六の横を駆け抜けて、瓢太は堀端に走る。

「多霧！」

瓢太は黒い水に向かって叫ぶ。

秀綱は権六が絶命しているのを確認し、瓢太の横に立った。五人の若い衆はその左右に並び、早苗と多霧、鐵と勘介の行方を探す。

しばらくすると三つの曳き波が石垣に近づいて来た。

月光が多霧と鐵、勘介の顔を照らした。

「見失った……」

多霧は瓢太に助けられながら堀から上がり、悔しさを滲ませながら言った。

鐵と勘介は、秀綱が太い両腕で一気に引き上げた。

「隻腕の別嬪《べっぴん》だ。すぐに見つけられる」秀綱はびしょ濡れの多霧の肩に手を置く。

「おれも探すのを手伝ってやるぜ」

多霧は『信じられない』という顔をして、鼻の下を伸ばした秀綱の手を払いのける。

「母《かか》さまと秀道兄《あに》さまの仇だぞ！」

多霧がそう言うと、怒った顔の侘桔と夷月が駆け寄って、秀綱の尻を蹴り飛ばした。

「辛いことは笑って吹き飛ばすのがいいではないか」

秀綱は尻に手を当てて頬を膨らませた。

「笑わせ方を間違《まちご》うておる！」

侘桔が怒鳴った。

「喧嘩をしてねぇで、早く村下たちに落ち合おうぜ」

瓢太が、堀の向こうで燃える山野城の天守を見上げる。曲輪《くるわ》の中からはまだ雄叫びと絶叫が聞こえている。

「騎馬武者たちが戻って来たら面倒臭ぇ」

多霧たちは肯いて北へ向かって走りだした。

三

早苗が水面に顔を出したのは飛び込んだ所から半町（約五五メートル）ほども離れた辺りであった。多霧たちが駆け去るのが見えた。

早苗は立ち泳ぎをしながら、燃える天守を見る。

三番隊は全滅か――。

そして、赤く染まる東の空に目を移す。

おそらく伊折の義兵衛は砦を焼き打ちして橘衆を皆殺しにしたろう。だが、城下に戻って来ない。

「汚い奴だね」

早苗は顔をしかめる。

義兵衛は無明兼高の言葉を信じた。だから、自分の身の安全を図るにはどうしたらいいかを考えたのだ。

城下を離れるために、自ら橘衆の討伐に向かった。殲滅した後、様子を見る。城下から戦いの音が聞こえてきたならば、橘衆の残党を探すという口実で、北へ向かう。黒川領、村上領、出羽国にまで足を延ばすかもしれない。

そうして、ほとぼりが冷めた頃に城下へ戻る。無明衆にやられなかったお偉方がいたとしても、橘衆の残党を追っていたので城が焼き討ちされたことは分からなかったと報告すればいい。

もし無明衆が現れなかったら、いくらでも言い訳はできる。

火除地の堀端に何かが動いた気がして、早苗はそちらに目を向けた。

白銀の騎馬武者が一騎、こちらを見ていた。片鎌槍身《かたがまやりみ》の槍を小脇に抱えている。

早苗はぞっとした。

無明兼高は、お前はもはや人ではないと言った。ならば、騎馬武者は自分を捕らえようとしているのだろうか――。

鉄の鎧をまとった騎馬は水に沈む。よもや堀に飛び込むことはなかろうと思ったが、相手は不老不死の怪物である。水に沈んでも溺れ死ぬことはない。川底を走って追ってくるかもしれない。

早苗は抜き手で泳ぎ始める。

狡《こす》っ辛《から》い頭でも、ついていけばとりあえず御山組という〝盾〟ができる。騎馬武者が襲ってきても、御山組が戦っている隙に逃げることはできる。

早苗はふっと苦笑いする。

「狡っ辛いことにゃあ、あたしも人後に落ちないか」

ついさっきも、耳欠けの権六の死と引き替えに、死地を脱した――。

ともかく、御山組と合流しよう。

早苗は火除地に騎馬武者の姿がなくなったのを確認し、山野川の落合まで泳いだ。

ていた。

* *

越後国の北の端、村上領まで走った橘衆は、山中で一休みした。

木々の葉の間から見える空は細かい星が姿を消し、間もなく白み始める予兆を示していた。

南の方角から下生えの草を踏み分ける音が聞こえた。足取りに特徴があり、仲間が近づくことを知らせる合図であるとすぐに気がついた。

秀郷と、中年、壮年の男たちが立ち上がる。女子供と年寄たちは、もう仲間を立って向かえる気力もない。

足音の数を数え、

「全員、無事のようだな」

と秀郷が言った時、森の中から多霧たちが現れた。

「親父どの」秀綱が秀郷の前に立って言う。

「御山組は砦を脱したようだぞ」

「なに？　どうやって逃げた？」

秀郷はがっかりしたように言う。

「来る途中、砦の様子を見てきたが、壊した柵の上に燃え殻になった筵があった」

「ううむ……。ぬかったな。小屋の物をすべて処分しておくのであった」

「砦を脱した御山組は城下に姿を見せなかった」多霧が言った。

「おそらく、皆を追って来ている。探しながら来たが、見つけられなかった。ここの周りにも姿がなかったが、じきに追いつくだろう」

「おれはもう歩けぬぞ」

爺《じじ》の一人が泣き言を言う。

「ここで戦《たたこ》うて、討ち死にしようぞ」

婆の一人が言う。

「情けないことを言うな。我らが守ってやる」

侘桔が言う。

「小娘と若造に守られるというのものう」

「のう」

と年寄たちは顔を見合わせる。

「ところで、村下のところの小娘三人」一番年嵩《としかさ》の爺が言う。

「お前ら、まだ人を殺しておらぬであろう」

図星を指されて、今度は三姉妹が顔を見合わせた。

「やっぱり」

「顔がまだまだ甘いからそうであろうと思ったわい」

「人を殺したこともない小娘に我らが守れるものか」

爺婆は口々に言う。

「やかましい！」多霧は頭にきて怒鳴った。

「お前らなど、白銀の騎馬武者に踏み殺されればよい！」

「白銀の騎馬武者？」

秀郷が眉根を寄せて訊く。

「ああ。千騎に近い軍団だ」

秀綱が城下で起こったことをかいつまんで語った。

「恐ろしや恐ろしや……」

爺婆が風呂敷包みの荷物を背負って立ち上がる。

「そんな連中に襲われたらたまらぬ。さぁ、旅を急ごうぞ」

と、北に向かって歩き始めた。

「もう歩けぬのではなかったのか？」

侘桔が呆れてその後ろ姿に言う。

「そんなことを言うたかのう」

「さて、言わなかったと思うぞ」

「ほれ、早く来なければ置いて行くぞ」

爺婆は勝手なことを言いながら小走りに森の中を進んだ。

＊　　＊

早苗は、まだ炎を上げている砦から三里（約一二キロ）ほど離れた山中で御山組を見つけた。御山組の者らは下生えの中に寝ころんで仮眠を取っていたが、早苗の足音に飛び起きた。

「おお。早苗か――。城下はどうなった？」

伊折の義兵衛は抜きかけた打刀を収めた。

「本流の無明衆が攻め込んできて全滅だよ。侍も町人も、女子供も見境なく殺しやがった」

早苗の言葉に、詳しい事情を知らない者たちは「本流の無明衆とはなんだ？」と、異口同音に訊く。

「後からお頭に聞きな――」言って早苗は義兵衛に顔を向けた。

「ところでお頭、橘衆は皆殺しにしたのかい？　それとも残党がいるのかい？　城下の十四人は、おそらく仲間を追ってこっちに来るよ」

　義兵衛は渋い顔をする。

「なんだい、どうしたんだい？」

　早苗は問いつめる。

「罠にはまった」

　義兵衛は苦しげに答える。

「まさか――。火攻めにあったのは、御山組の方だったんじゃないだろうね？」

　早苗は七十人ほどの仲間を見回す。皆、視線を外した。

「情けないねぇ」

　早苗は首を振る。

「そういうお前はどうだったというんだ？　無明兼高を奪われたのではないのか？」

「矢も鉄砲もはね返す白銀の鎧の、千騎近い騎馬武者が相手なんだ。咎《とが》められる謂《い》われはないね」

「千騎近い騎馬武者……」

　御山組の者たちはざわめいた。

「だけど、ご家老さまは生き延びて、御山組に大層ご立腹だよ」

三鷹利誠がどうなったかについては知らなかったが、早苗は嘘をついた。

「城下の危機に、なぜ駆けつけなかったのかってね」

「橘衆を追っていたのだ……」

「それなら、こんな所で寝てないで、さっさと後を追ったらどうだい。橘衆を皆殺しにしなきゃ、あんたたち、城下へ戻っても捕らえられて晒《さら》し首だよ。あたしはそれを伝えに走って来たんだ」

晒し首と聞いて、御山組の顔色が変わる。

「出立《しゅったつ》だ！」

義兵衛が怒鳴る。

御山組は走り出した。

さて、いい盾になっておくれよ――。

早苗はほくそ笑みながらその後を追った。

四

御山組は、村上領の山中で小休止したとおぼしき痕跡を見つけた後、橘衆の痕跡を見失った。

一日がかりで山中を彷徨《さまよ》い、日暮れの頃にやっと足跡の続きを発見した。それを辿ると、歩き筋たちが使う裏街道に行き着いた。

街道とはいっても、幅は二間（約三・六メートル）ほど。頻繁に人が通るから土は踏み固められて草は生えていない。しかし、木の根が剝き出しになっていたり、石が突き出していたりと、森の中よりは多少歩きやすいという程度の道であった。

橘衆には女子供、年寄もいる。すでに出羽国に入っていたから、もう追っては来まいと安心し、歩きやすい道を辿ることにしたに違いないと推当《おしあて》（推理）て、まずは斥候を出すことにした。

追っ手は来ないと判断したならば、どこかで野宿をしているはず。こっそりと場所を確認し、周囲を囲んで皆殺しにするという作戦である。

三人の斥候は仲間と別れてすぐに、街道から少し入った森の中に小さな焚き火を見つけた。側に老人が座って、居眠りをしている。

その横顔に見覚えがあった。橘衆の村下、橘秀郷である。周囲の森の中に大勢の者たちが横になっているのが街道からも確認できた。獣でも捕らえて夕餉にしたのであろう。肉を焼いた後の香ばしいにおいが漂っていた。

「くそ……。気楽な旅をしてやがるぜ」

斥候の一人が呟いた。御山組の今日の食事は乾飯《かれいい》と、干した味噌漬けの芋茎《いもがら》を水で戻したものだった。

斥候は急いで仲間の元に駆け戻り、義兵衛に報告した。

御山組は、森の中に散らばって寝ている橘衆を遠巻きに包囲した後、じりじりとその輪を縮めていく。

寝ている者の側まで寄ったならば、騒がれないように殺す。橘衆に気づかれるまでに出来るだけ数を減らせという義兵衛の命令であった。

前方に意識を集中している御山組の者の背後に、黒い影が迫る。

鎬の瓢太ら八人の橘衆の若者たちであった。

すっと手を伸ばし、御山組の口を押さえ、脇腹から山刀を突き通す。声も出せずに絶命した敵を、そっと横たえ、別の御山組の元に忍び寄る。

音をさせぬまま、若い衆らは二十四人の命を奪った。

そろそろ頃合いだと判断し、瓢太たちは後退して闇の中に身を潜めた。

七十人近くいた仲間が四十人余りに減ったことにも気づかず、御山組は包囲の輪を縮めていく。

御山組がまさに横を通り抜けようとしている木の上に、中年の橘衆たちが潜んでいた。それぞれが縄を手に握っている。縄は木の幹に沿って下に続き、落ち葉の中に消えていた。

御山組の何人かが、落ち葉の下に隠された縄の輪に足を踏み入れた。

罠にかかったことを確認した橘衆は縄を持って木を飛び下りた。

五人の御山組が、縄の輪に足を取られ、逆さ吊りに木の上に引き上げられた。

「あっ！」

叫び声を上げた御山組五人を、木の陰に隠れていた橘衆が飛び上がって斬り捨てる。

気づかずに罠を逃れていた七人が、頭上から飛び下りてきた橘衆に斬られた。

突然上がった悲鳴に、義兵衛は叫ぶ。

「罠だ！　散れ！」

御山組の外側の下生えが一斉に鳴った。

囲まれた――！

ならば寝ている者を人質にするしかない！

御山組は近くに転がっている橘衆に走る。

足下が急に沈み込んだ。

数人が浅く掘られた落とし穴の杭に足を貫かれ、絶叫した。

闇から橘衆が駆け出し、動きがとれなくなった者たちを斬り倒す。

何人かの御山組が寝ている橘衆に辿り着き、打刀を振り下ろした。

しかし——。それは、茅の束に着物を着せた人形であった。

「くそっ！」

それなら秀郷を人質にと、義兵衛は焚き火を振り返る。

しかし、そこに秀郷の姿はなかった。

三十人ほどに減った御山組たちを橘衆が囲み、巧みに誘導して数人ずつの集団に分断していく。

木の陰から秀綱と秀郷が滑り出し、戦いの輪の中に割り込んで、伊折の義兵衛を孤立させた。

「お頭！」

四番隊の隊長坪穴《つぼあな》の太吉《たきち》が割って入り、二人に斬りかかる。

秀郷はさっと横に跳ぶ。

秀綱は少し体を捻りつつ、太吉の腕を捕らえた。太吉の勢いも借りて、後方の木に叩きつける。太吉は首を奇妙な角度に曲げて、絶命した。

「わしは執念深い方ではないから、しつこく襲われなければ許してやろうと思った」

秀郷が義兵衛を見ながら言う。

「虐められるは歩き筋の宿命だからのう。どうだお頭どの。配下もまだ二十人ほどは残っているようだ。もう戦いはやめぬか？」

「お前の主ももう死んでおろうから叱る者もおらぬ」

秀綱が言った。

「なに？」

義兵衛は刀を構えたまま眉根を寄せる。

「城の侍はあらかた斬り殺されたようだから、生きてはいまいよ」

「いや……。そんなはずはない……」

「もしかすると、雲母の早苗に謀られたか？　姿が見えぬようだが、お前たちに戦わせている間に逃げ出したのではないか？」

秀綱の言葉に、義兵衛は橘衆と戦う配下たちを見た。確かに早苗の姿がない——。

「くそっ。早苗の奴め……」

義兵衛は唸る。

もし今、降伏すれば、橘衆は我らを見逃してくれるやもしれん——。

義兵衛は考えた。しかし、ここで敗北を認めれば、それを引きずったままこれから先を生きることになる。罠にはめられて火攻めにあい、今また罠にはめられて配下の数を減らした――。

義兵衛は、食いしばった歯の間から呻き声を絞り出す。

屈辱に耐えながら生きるよりは、ここで果てた方がずっと楽だ――。

秀郷は義兵衛の表情にその決心を悟り、溜息をついた。

義兵衛が裂帛《れっぱく》の気合いと共に、刀を大上段に振り上げて、秀郷に打ち込んだ。

秀郷の右手が動いた。人差し指にかけた鉄環が九十度回転し、袖の中に隠していた両刃の短剣が現れる。

秀郷の動きは速かった。

逆手に握った短剣を前に突き出し、義兵衛の刀が打ち下ろされる前に、その横を擦り抜けざま喉を切り裂いた。

義兵衛は前のめりに倒れた。

「お頭は討ち取ったぞ」

秀郷が御山組の者らに叫ぶ。

橘衆はさっと後ろに引いて御山組との間合いをとった。

御山組の者らは、呆然と義兵衛の亡骸を見つめ、打刀を持つ手をだらりと垂らした。

「逃げるなら追わぬ。ただし、これから先、歩き筋踏鞴衆には構うな」

秀郷が言った。

御山組の者らは互いに顔を見合わせ、打刀を鞘《さや》に収めて森の中に駆け込んだ。

「多霧、侘桔、夷月に見せたかったのう」

秀郷は短剣の血を義兵衛の小袖で拭った。

「いつもだらしない姿しか見せていないからな」

秀綱はくすくすと笑った。

「ぬかせ」

秀郷は橘衆の方を振り返り、

「女子供と爺婆が心細い思いをしておろう。急ぎ落ち合うぞ」

と言った。

橘衆は「応っ！」と答えて街道に駆け出した。

＊　＊

雲母の早苗は戦いの場から少し離れた木の上で、様子を窺っていた。手には義兵衛に預けられた打刀を持っていた。粋な着物は一日の山行《さんこう》ですっかり汚れている。

眼下を御山組の者たち二十人ほどが南に向かって駆け抜けていく。頭上の早苗には気づきもせずに闇の中に消えた。

「薄っぺらい盾だったねぇ。あっという間に穴が空いた」

早苗は呟き、街道を北へ向かう橘衆を見る。

さてこれからどうしようかと考える。

右の手首の辺りがむず痒くなる。

この体が不老不死になっているんなら、それを活かさない法はないね――。

身につけた技があるから、雇ってくれる者には事欠かない。あるいは手下を集めて盗賊ってのも悪くない――。

「まずは江戸にでも行こうか」

木を飛び下りようとして、早苗ははっとした。

殺気を感じる――。

目を凝らすと、周囲の木に三人。下に三人の人影がある。

「ぬかったか――。爺婆の守りについているのかと思ったよ」

早苗は打刀を抜いた。

木の上の人影は多霧、侘桔、夷月。そして森の中に立っているのは鎬の瓢太、鎹の鐵、草摺の勘介であった。

＊　＊

南に走る御山組の者たちは、目の前に現れた巨大な影に、ぎょっとして動きを止めた。

ぶんっと風を切る音が響き、五人の御山組が横っ飛びに倒れた。闇の中に濃い血のにおいが漂った。

「逃がすと言ったではないか！」

黒い影を秀綱だと思った者が叫ぶ。

再び風を切る音がして、男の腹を長い槍の穂先が貫いた。風が吹き、木の葉が揺れて、月光が差し込む。

片鎌槍身《かたがまやりみ》と、銀色の柄。そしてそれを握る銀色の籠手《こて》が、一瞬照らされて闇の中に沈んだ。

「本流の無明衆だ！」

誰かが叫び、十数人に減った御山組は四方に散った。

全員が必死で走る。

しかし、鎧武者はその巨軀に似合わず恐ろしいほどに素早く、御山組の者たちを一人ずつ捕らえては、素手で捻り潰し、あるいは槍で突き、太刀で斬り捨てた。

＊　＊

早苗は隣の木に飛び移る。

木の上で早苗を囲んでいた多霧、侘桔、夷月も木を飛び後を追う。

早苗は大きく飛んで街道に着地した。

三姉妹はそれを囲むように地に下りた。

森の中から瓢太、鐵、勘介が飛び出し、その間を埋めた。

ずいっと多霧が前に出て、山刀を逆手に抜き、姿勢を低く構える。

森の中から絶叫が聞こえた。

「油断させておいて騙し討ちかい」

早苗は、橘衆が御山組を追撃しているのだと思った。

「そんな汚い真似はしない。お前たちとは違う」

侘桔が早苗の背後から言う。

「あいつだ――」

夷月が掠れた声で言った。

早苗の表情がぴくりと動く。

本流の無明衆がここまで追ってきたというのか――?
あたしを追って――?
森の中の絶叫が続く。「本流の無明衆だ!」という声も聞こえた。
ここで戦っている場合ではない。小娘らよりもずっと恐ろしい相手が来る――。
焦りと恐怖が早苗を襲う。
逃げなければ――。
早苗は摺り足で右側に回る。
それに合わせて多霧も回る。
早苗は回りながら、自分と多霧を囲んでいる者たちを観察した。
夷月に目が止まる。
体が小刻みに震え、目が泳いでいる。
こいつだね――。
早苗は左手の打刀を振り上げて、多霧との間合いを詰める。
多霧はさっと後退する。
早苗は左に飛んで夷月に斬りかかった。
「夷月!」

侘桔が叫び、横合いから早苗に斬りかかる。
夷月は、はっとして、突進してくる早苗に山刀を突き出す。
早苗は地を蹴り、夷月の上を飛び越えた。
瓢太、鐵、勘介が走る。
「逃がさねぇぜ」
瓢太が先頭に出て、土煙を上げて横滑りしつつ、早苗の前を塞ぐ。
鐵と勘介が左右を固める。
多霧が早苗の背後に迫る。
早苗はくるりと回り、多霧に向き直る。
多霧は跳躍し、山刀を振り上げる。
早苗は刀を突き上げる。
多霧の左肩が早苗の切っ先に斬り裂かれる。
多霧は渾身の力を込めて、山刀を斬り下ろした。
多霧は落下しながら早苗を真っ向から斬り裂いた。
頭蓋を砕く強い手応えがあった。
早苗は血飛沫を上げながら崩れるように倒れた。

返り血を浴びながら、多霧は山刀を斬り下ろした姿勢のまま固まっていた。

目を見開き、呼吸は浅く速い。

人を殺してしまったという衝撃が、全身の筋肉を強ばらせていた。

その時、街道を駆ける蹄の音がした。

侘枯と夷月が多霧に駆け寄り、強引に森の中に引き込む。

瓢太、鐵、勘介は、迫り来る蹄の音に身構える。

白銀の騎馬武者が、三人の若者の前で速度を落とす。

そして小脇に抱えた片鎌槍身の槍をぶんっと回した。

三人は後ろに飛び退き、間合いを空けた。

騎馬武者は槍を突き出した。穂先は倒れ伏している早苗の背中を刺し貫いた。

ぐいっと柄を持ち上げる。

高々と持ち上げられた早苗の体は槍の鎌の部分で止まった。

三人の若者は、騎馬武者の怪力に、呆然とした。そして、戦えば必ず負けることを確信した。

本能はすぐに逃げ出せと叫んでいた。

しかし、三人の若者はじりじりと後ずさりして、森の際に立ち、三姉妹を守るべく山刀を構え続けた。

多霧は初めて人を殺してしまったことの衝撃から未だ立ち直れていなかった。

早苗には家族はいたろうか？　早苗にはこれから先の望みはあったろうか——？

あたしは、早苗の帰りを待ち望む家族の思いを、無惨に踏みにじってしまったかもしれない。

もし、早苗に夫がいたなら。親兄弟がいたなら。

養わなければならない子供がいたなら。

早苗個人のものまで含めて、家族たちの明日へのささやかな望みを絶ち切ってしまったことは確かだ——。

あたしはなんということをしてしまった——。

けれど、殺さなければ殺されていた。

嘘だ。早苗は逃げようとしていたのだから、そのまま見逃せばよかったのだ。

それじゃあ、母さまと兄さまの仇討ちはどうなる——？

まばたきを忘れた目から涙が流れた。

多霧は混乱し、目の前に白銀の騎馬武者がいる意味を理解できなかった。

侘桔と夷月は、茫然自失の姉をなんとしても守らなければならないと考えていた。

いざとなれば自分が犠牲になればいい。

白銀の騎馬武者の前に飛び出して、命の限り戦ってやる。

そう決意した二人は、ほとんど同時に自分に肯いていた。

白銀の騎馬武者は、早苗を突き刺した槍を肩に担ぎ、六人の方へ顔を向けていた。

触れれば心が萎《な》えてしまう障気《しょうき》のような異様な気配を放ち続けているが、それが殺気であるのかどうか、三人の若者と、長姉を庇う二人の妹には判断できなかった。

白銀の騎馬武者の口から、錆びた金属が擦れ合うような声が漏れた。

「お前たちは本物の鉄のにおいがする――」

そして、騎馬武者は馬の首を回した。

ゆっくりと南に向かって歩み出す。

やがて馬の足は速くなり、重々しい蹄の音を残して、闇の中に駆け去った。

強烈な騎馬武者の気配が薄れたからであろうか。多霧は我に返った。

心の中になにやら決意のようなものが生まれていたが、多霧はそれをまだ言葉にすることはできなかった。

「すまない――。もう大丈夫だ」

多霧の口から出たのは感謝の言葉であった。

侘桔と夷月は心底ほっとしたように、長々と息を吐いた。

「見事な仇討ちだった」

侘桔が言う。

「秀道兄さまも文句は言うまい」

夷月が言った。

「二人とも、仇討ちをするより逃げればよかったと言っている気がする」

多霧は二人の妹から離れながら弱々しく微笑んだ。

「ともかく、命拾いをしたようだ」瓢太が多霧の肩を叩いて北へ歩き出す。

「村下らに落ち合おう」

「白銀の騎馬武者は、最後になんと言った?」

多霧は聞いた。

「あたしたちは本物の鉄のにおいがすると」

侘桔が答えた。

「踏鞴衆だから当たり前なのにのう」

鐵が瓢太と並びながら言う。

「しかし、天野衆は殺された」夷月が唇を嚙みながら言う。

「あの者の心が分かれば、いろいろと解き明かすことができたのに――」

「まぁ、そう思うなら――」勘介が夷月の横を通り過ぎ、鐵と並ぶ。

「そのうち易詫《いたく》の修業をすればいい」

「後々のことは、次の土地に着いてから考えよう」

多霧は妹たちの背中を押して、若者三人の後を追った。

木々の向こうの空は、黎明《れいめい》の光を宿してほんのりと白く輝きだしていた。

＊　＊

山野領の争乱は、一揆として処理された。その責任を問われ、領主三鷹長経《ながよし》は陸奥国の小藩に改易。山野領は天領となった。

この作品は徳間文庫のために書下されました。

徳間文庫

鉄《くろがね》の王
伝説《でんせつ》の不死者《ふししゃ》

2018年9月15日 初刷

著者 平《ひら》谷《や》美《よし》樹《き》
発行者 平野健一
発行所 株式会社 徳間書店
東京都品川区上大崎三―一―一 〒141―8202
目黒セントラルスクエア
電話 編集〇三(五四〇三)四三四九
販売〇四八(四五一)五九六〇
振替 〇〇一四〇―〇―四四三九二
印刷 本郷印刷株式会社
製本 ナショナル製本協同組合

ISBN978-4-19-894394-3 (乱丁、落丁本はお取りかえいたします)